Charles Dickens
Olivier Twist

Traduit de l'anglais par
Charlotte et Marie-Louise Pressoir

Abrégé par Marie-Hélène Sabard

Classiques abrégés
l'école des loisirs
11, rue de Sèvres, Paris 6ᵉ

© 2005, l'école des loisirs, Paris
Loi n° 49.956 du 16 juillet 1949 sur les publications
destinées à la jeunesse : septembre 2005
Dépôt légal : novembre 2005
Imprimé en France par la Société Nouvelle Firmin-Didot
à Mesnil-sur-l'Estrée (76762)

Du lieu où naquit Olivier Twist et des circonstances qui accompagnèrent sa naissance

Parmi les édifices publics d'une certaine ville que, pour bien des raisons, je crois préférable de ne pas nommer, et à laquelle je ne veux pas donner de nom fictif, il en est un, commun depuis des siècles à la plupart des villes, grandes ou petites : c'est le *workhouse* ou hospice des pauvres ; et, dans cet hospice, un certain jour dont il est inutile de préciser la date, naquit le jeune mortel dont le nom est inscrit en tête de ce chapitre.

Pendant un bon moment après qu'il eut été introduit par le médecin de l'hospice dans ce monde de soucis et de larmes, on put se demander s'il vivrait assez pour porter un nom ; auquel cas, cette histoire n'aurait vraisemblablement jamais été écrite, ou, si elle l'avait été, n'excédant pas deux pages, elle aurait eu le rare mérite d'être la biographie la plus concise et la plus fidèle de la littérature de tous les temps et de tous les pays.

Le fait est qu'il fut extrêmement difficile de décider Olivier à se charger d'assurer seul l'exercice de ses fonctions respiratoires – exercice fastidieux, mais que l'habitude a rendu nécessaire au confort de notre existence –, de sorte que, durant quelques instants, il demeura étendu pâmé sur un petit matelas de bourre, en équilibre instable entre ce monde terrestre et l'autre, la balance inclinant nettement en faveur de ce dernier. Si, pendant ce bref espace de temps, il avait été entouré de grands-mères attentives, de gardes expérimentées et de médecins pleins de savoir, il aurait infailliblement péri sur-le-champ. Mais comme il n'y avait là qu'une vieille femme de l'établissement, dont la vue était légèrement brouillée par une ration de bière plus forte que de coutume, et le médecin des pauvres de la paroisse qui donnait ses soins à forfait, Olivier et la nature luttèrent seuls pour régler l'affaire entre eux. Le résultat fut que, après quelques efforts, le nouveau-né respira, éternua, et se mit en devoir d'avertir les habitants de l'hospice qu'une nouvelle charge était imposée à la paroisse en poussant un cri aussi perçant qu'on pouvait s'y attendre de la part d'un enfant mâle qui n'était en possession du don précieux de la voix que depuis trois minutes et quart.

Comme Olivier donnait cette première preuve du libre usage de ses poumons, la couverture rapiécée jetée négligemment sur le lit de fer remua. La figure pâle d'une jeune femme se souleva un peu au-dessus de l'oreiller, et une voix faible articula avec peine :

– Montrez-moi l'enfant avant que je meure !

Le docteur était assis devant le feu. À la voix de la jeune femme, il se leva et, s'avançant vers le lit, dit avec plus de bonté qu'on n'aurait pu en attendre de sa part :

— Oh ! il n'est pas question de mourir pour l'instant.

La jeune femme secoua la tête et tendit les mains vers l'enfant. Le docteur le lui mit dans les bras. Elle posa ses lèvres sur le front du nouveau-né avec une ardeur passionnée, regarda autour d'elle d'un air égaré, frissonna, retomba en arrière et mourut.

Le docteur et la garde lui frictionnèrent la poitrine, les mains, les tempes, mais le cœur avait cessé de battre pour toujours.

— C'est fini, madame Thingummy, prononça enfin le docteur. C'était une jolie fille, dit-il. D'où venait-elle donc ?

— Elle a été amenée ici la nuit dernière. On l'avait trouvée gisant dans la rue. Elle avait dû marcher longtemps, ses souliers étaient tout percés. Mais d'où venait-elle, où allait-elle ? nul ne le sait.

Le docteur se pencha sur la morte et souleva la main gauche.

— Toujours la même histoire ! dit-il en secouant la tête. Pas d'alliance. Allons, bonsoir !

Après quoi il alla dîner, et la garde s'assit sur une chaise basse devant le feu pour emmailloter le nouveau-né.

Bel exemple de l'influence des habits! Roulé dans la couverture qui jusqu'alors avait formé son seul vêtement, Olivier Twist pouvait être aussi bien le fils d'un seigneur que celui d'un mendiant. Mais une fois revêtu des vieilles robes de calicot jaunies par un long usage, il se trouva en quelque sorte marqué, étiqueté et mis à sa vraie place. C'était désormais l'enfant assisté, l'orphelin de l'hospice, l'humble souffre-douleur voué aux privations, aux coups, aux mauvais traitements, destiné à être méprisé de tous et à n'être plaint par personne.

Olivier criait de toutes ses forces. S'il avait pu savoir qu'il était un orphelin soumis à la tendre pitié des marguilliers et des surveillants d'hospice, peut-être eût-il crié encore plus fort.

Du régime et de l'éducation d'Olivier Twist durant ses premières années

Pendant les huit ou dix mois qui suivirent sa naissance, Olivier fut soumis à un régime de perpétuelle déception. Il fut élevé au biberon. Les autorités de l'hospice ayant signalé comme elles le devaient aux autorités de la paroisse la triste situation du jeune orphelin, les autorités de la paroisse décidèrent avec une générosité magnanime qu'Olivier serait élevé «à la ferme»; en d'autres termes, qu'il serait dépêché dans une annexe de l'hospice située à trois milles de la ville, où vingt ou trente autres jeunes contrevenants aux «lois des pauvres» se roulaient sur le plancher d'un bout de la journée à l'autre, sans courir le risque d'être trop nourris ou trop vêtus, sous la maternelle surveillance d'une personne mûre qui recevait les coupables à raison de sept pence et demi par semaine.

Sept pence et demi représentent une pension des plus convenables pour entretenir un jeune enfant. On peut avoir bien des choses pour sept pence et demi; assurément assez pour lui charger l'estomac et le rendre malade. La personne mûre était remplie de sagesse et d'expérience. Elle savait ce qu'il fallait aux enfants; elle savait à merveille ce qu'il lui fallait à elle-même. Elle affectait donc la plus grande partie de la pension hebdomadaire à ses besoins personnels.

On connaît l'histoire de ce savant qui soutenait qu'un cheval peut vivre sans manger et en fit si bien la démonstration qu'il était arrivé à ne plus donner au sien qu'une paille par jour. Et nul doute qu'il n'eût fait de celui-ci un coursier des plus fringants en ne lui donnant plus rien du tout, si la pauvre bête n'avait justement succombé la veille du jour où elle allait recevoir pour la première fois une confortable ration d'air pur. Malheureusement pour la science expérimentale de la dame aux bons soins de laquelle Olivier fut confié, un résultat similaire couronnait généralement la pratique de son système : au moment précis où l'un de ses pupilles arrivait à subsister avec la plus infime portion de la plus légère des nourritures, la malice du sort voulait qu'il tombât malade de froid ou de faim, se laissât choir dans le feu par défaut de surveillance ou fût à demi étouffé par accident ; et dans chacun de ces cas, l'infortuné petit être partait généralement pour l'autre monde rejoindre les parents qu'il n'avait pas connus dans celui-ci.

On ne peut évidemment pas s'attendre que de telles méthodes de culture produisent des moissons particulièrement luxuriantes. À son neuvième anniversaire, Olivier était un enfant pâle et maigre, de taille chétive et de circonférence extrêmement réduite. Mais la nature ou ses ancêtres avaient mis en lui un esprit ferme et résolu, et celui-ci avait pu se développer librement sans être gêné par la matière, grâce au régime frugal de l'établissement. Sans doute devait-il à cette circonstance d'être parvenu jusqu'à son neuvième anniversaire. Quoi qu'il en soit, c'était son neuvième anniversaire, et il le célébrait dans la cave à charbon en la select compagnie de deux autres jeunes gentlemen qui avaient auparavant partagé avec lui une bonne correction pour avoir eu l'audace de déclarer qu'ils avaient faim, lorsque Mme Mann, l'excellente directrice de la maison, eut la surprise d'apercevoir M. Bumble, le bedeau, qui essayait d'ouvrir la porte du jardin.

— Seigneur, est-ce possible ? s'écria Mme Mann en s'élançant au-dehors (car les trois gamins étaient maintenant libérés), j'avais oublié que la porte était fermée à l'intérieur, à cause de ces chers petits. Entrez, monsieur Bumble ; entrez, je vous prie.

Mme Mann introduisit le bedeau dans un petit parloir carrelé, lui avança un siège, et, pleine d'empressement, s'empara du tricorne et de la canne qu'elle déposa devant lui sur la table.

— Vous prendrez bien une goutte de quelque chose, monsieur Bumble ? Juste une larme avec un peu d'eau fraîche et un morceau de sucre.

— Une larme de quoi ? demanda le bedeau.

— Voilà, je suis obligée d'en avoir pour mettre dans la bouillie de ces pauvres mignons quand ils sont malades, dit Mme Mann en ouvrant un placard d'encoignure d'où elle tira une bouteille et un verre. Je ne vous mentirai pas, monsieur Bumble, c'est du genièvre.

— Ainsi, vous donnez de la bouillie aux enfants, madame Mann ? questionna M. Bumble.

— Oui, Dieu les bénisse ! je leur en donne, si cher que cela coûte, répondit Mme Mann.

— Vous êtes une femme de cœur, madame Mann.

(Ici, Mme Mann posa le verre.) Je saisirai la première occasion pour en dire un mot au Conseil, madame Mann. (M. Bumble s'empara du verre.) Vous êtes une véritable mère, madame Mann. (Il remua le mélange d'eau et de genièvre avec la cuiller.)

Et M. Bumble avala d'un trait la moitié du breuvage.

— Et maintenant, aux affaires sérieuses, dit le bedeau en tirant de sa poche un calepin recouvert de cuir. L'enfant qui a été ondoyé sous le nom d'Olivier Twist a eu neuf ans aujourd'hui.

— Dieu le bénisse! s'exclama Mme Mann en se frottant l'œil gauche avec le coin de son tablier au point de le rendre tout rouge.

— Malgré l'offre d'une récompense de dix livres sterling, qui depuis a été portée à vingt; malgré les efforts extraordinaires et, si j'ose dire, surnaturels tentés par la paroisse, nous n'avons jamais réussi à découvrir qui était son père, pas plus que le nom, le domicile et la condition de sa mère.

Mme Mann leva les mains en signe de surprise, puis ajouta après un moment de réflexion:

— D'où lui vient son nom, alors?

Le bedeau se redressa et dit avec fierté:

— C'est moi qui l'ai inventé. Nous baptisons nos mignons par ordre alphabétique. Pour le précédent, nous étions arrivés à l'S. Je l'ai appelé Swubble. Pour celui-ci c'était le T. Je l'ai nommé Twist, celui qui venait ensuite devant s'appeler Unwin et le suivant Vilkins. J'ai des noms prêts jusqu'à la fin de l'alphabet, et quand on arrive au Z, on recommence.

— Vous êtes ce qui s'appelle un homme lettré, monsieur, observa Mme Mann.

— Mon Dieu, dit le bedeau visiblement flatté du compliment, c'est possible. C'est possible, madame Mann.

Il termina son verre et ajouta :

— Olivier étant maintenant trop âgé pour rester ici, le comité a décidé de le reprendre à l'hospice. Je suis venu le chercher. Faites-le venir tout de suite.

On avait pu, pendant ce temps, retirer à Olivier autant de la crasse qui recouvrait son visage et ses mains qu'on pouvait en faire partir en un seul lavage, et il fut introduit dans la pièce par sa bienveillante protectrice.

— Fais un salut au monsieur, Olivier, dit Mme Mann.

Olivier fit un salut qui s'adressait à la fois au bedeau assis sur la chaise et au tricorne posé sur la table.

— Veux-tu venir avec moi, Olivier ? demanda M. Bumble d'un air majestueux.

Olivier était sur le point de dire qu'il s'en irait volontiers avec n'importe qui, lorsque, levant les yeux, il vit Mme Mann qui s'était placée derrière la chaise du bedeau et lui montrait le poing d'un air menaçant. Il comprit tout de suite, ledit poing ayant laissé trop souvent des traces sur son corps pour ne pas en avoir laissé dans sa mémoire.

Jeune comme il était, il eut assez de sens pour feindre un grand regret de s'en aller. Verser des larmes n'était pas pour le gamin chose bien difficile ; la faim et le souvenir des coups récemment reçus sont de précieux auxiliaires lorsqu'on désire pleurer, et Olivier pleura de la façon la plus naturelle. Mme Mann lui fit mille caresses et, ce qu'Olivier apprécia beaucoup plus, lui donna une tranche de pain beurré afin qu'il n'eût pas l'air trop affamé en arrivant à l'hospice. Cette tranche de pain à la main, et coiffé de la petite casquette de drap brun des enfants assistés de la paroisse, Olivier, emmené par M. Bumble, quitta donc le triste séjour où pas un mot, pas un regard de bonté n'avait éclairé la morne obscurité de ses années d'enfance.

Il y avait à peine un quart d'heure qu'Olivier avait franchi l'enceinte du *workhouse* lorsque M. Bumble le conduisit dans une grande salle blanchie à la chaux où huit ou dix gros messieurs étaient réunis autour d'une table. Au bout de cette table, un monsieur particulièrement corpulent, au visage très rond et très rouge, siégeait dans un fauteuil plus élevé que les autres.

— Comment t'appelles-tu, petit ? demanda le monsieur assis dans le grand fauteuil.

À la vue de tant de messieurs assemblés, Olivier effrayé s'était mis à trembler. Sur quoi, un monsieur à gilet blanc déclara que cet enfant était idiot, ce qui était la meilleure façon de le réconforter et de lui rendre ses moyens.

— Écoute-moi, mon garçon, dit le monsieur qui présidait. Tu sais, n'est-ce pas, que tu n'as ni père ni mère et que tu as été élevé aux frais de la paroisse ?

— Oui, monsieur, dit Olivier en sanglotant.

— Pourquoi donc pleures-tu ? demanda le monsieur au gilet blanc.

De fait, ce chagrin était bien extraordinaire ; pour quelle cause cet enfant pouvait-il pleurer ainsi ?

— Eh bien ! on t'a fait venir ici pour t'instruire et t'apprendre un bon métier, dit le monsieur rubicond qui siégeait dans le grand fauteuil.

— Aussi, demain matin, à six heures, tu commenceras à trier de l'étoupe, ajouta le monsieur grognon au gilet blanc.

En reconnaissance de ces deux avantages qui lui seraient assurés par le seul fait de trier de l'étoupe, Olivier, sur l'injonction du bedeau, fit un profond salut et fut mené vivement jusqu'à un vaste dortoir où il s'étendit sur un lit très dur et finit par s'y endormir à force de pleurer.

Pauvre Olivier ! Tandis qu'il dormait, dans une heureuse inconscience de ce qui l'entourait, il ne se doutait pas que le Conseil avait pris, ce jour-là même, une décision qui devait exercer une influence notable sur sa destinée. Ces messieurs du Conseil étaient des philosophes pleins de sagesse. En étudiant de près le fonctionnement du *workhouse*, ils avaient tout de suite découvert une chose que les gens ordinaires n'auraient jamais soupçonnée, les indigents pas plus que les autres : c'est que cet établissement était un lieu de délices pour les classes inférieures, une taverne où l'on n'avait rien à payer ; un restaurant où, d'un bout de l'année à l'autre, on déjeunait, dînait et soupait gratis ; une espèce de séjour élyséen où il n'y avait que plaisir et point de travail.

Ils posèrent donc en principe que les indigents auraient le choix – car on ne voulait forcer personne – ou de périr petit à petit d'inanition au *workhouse* ou de mourir rapidement de faim en dehors. Ils décidèrent que le régime comprendrait trois rations de bouillie claire par jour, un oignon deux fois par semaine et la moitié d'un petit pain le dimanche. On ne saurait dire combien de candidats à de tels avantages auraient pu surgir de toutes les classes de la société, s'il n'avait fallu pour en bénéficier passer par le *workhouse*. Mais le remède était inséparable du *workhouse* et de la bouillie d'avoine, et cela effrayait les gens.

Pendant les six mois qui suivirent le transfert d'Olivier, le système fut appliqué dans toute sa rigueur.

Il parut plutôt coûteux au début, à cause de l'augmentation de la note des pompes funèbres et la nécessité où l'on fut de faire rétrécir tous les vêtements qui flottaient sur les formes amaigries des pensionnaires de l'hospice après une ou deux semaines de bouillie d'avoine. Mais, de même que leur poids, le nombre des habitants du *workhouse* diminua, et le Conseil fut transporté de joie.

Pendant trois mois, Olivier et ses compagnons subirent le lent supplice d'une faim jamais assouvie. Le besoin finit par les torturer à tel point, qu'un garçon laissa entendre à ses camarades que, s'il n'obtenait pas une portion de bouillie de plus par jour, il craignait d'en arriver une nuit à dévorer son voisin de lit qui était un enfant jeune et chétif. Il avait, en disant cela, un regard de bête affamée, et ses camarades le crurent. Un conseil eut lieu ; on tira à la courte paille pour décider lequel irait le soir même après souper demander à l'économe une seconde part de bouillie, et le sort tomba sur Olivier Twist.

Le soir vint ; les enfants prirent place à table. L'économe, en tenue de cuisinier, se posta à côté de la chaudière ; les deux pauvresses qui lui servaient d'aides se placèrent derrière lui. La bouillie fut distribuée, et, sur ce maigre ordinaire, on récita un long bénédicité. La bouillie disparut ; les enfants chuchotèrent entre eux et lancèrent des regards à Olivier tandis que son voisin lui allongeait un coup de coude. Tout petit qu'il fût, la faim et la misère lui donnaient le courage du désespoir. Il se leva de table et, quelque peu effaré de son audace, s'avança vers l'économe, son écuelle et sa cuiller à la main.

– S'il vous plaît, monsieur, dit-il, j'en voudrais encore.

L'économe était un gros homme plein de santé ; il devint tout pâle. Stupéfait, il contempla un instant le jeune téméraire, puis s'accrocha à la chaudière comme pour se soutenir. Ses aides étaient paralysées par la surprise, les enfants par la terreur.

– Quoi donc ? dit enfin l'économe d'une voix faible.

– S'il vous plaît, monsieur, répondit Olivier, j'en voudrais encore.

L'économe lui administra un coup sur la tête avec la louche, le saisit à bras-le-corps et appela le bedeau à grands cris.

Le Conseil était en train de siéger solennellement lorsque M. Bumble se précipita tout ému au milieu de la salle et, s'adressant au personnage assis dans le grand fauteuil, lui dit :

– Monsieur Limbkins, excusez-moi, monsieur, mais Olivier Twist a redemandé de la bouillie.

Il y eut un tressaillement général. L'horreur était peinte sur tous les visages.

— Dois-je comprendre qu'il a redemandé de la bouillie après avoir mangé le souper octroyé par le règlement ?

— Oui, monsieur, répondit M. Bumble.

— Ce garçon se fera pendre ! dit le monsieur au gilet blanc. Je suis certain que ce garçon se fera pendre.

Personne ne contredit cette prophétie. Une discussion animée eut lieu. On envoya sur-le-champ Olivier au cachot et, le lendemain matin, l'on posa sur la porte de l'établissement une affiche qui annonçait une récompense de cinq livres à qui débarrasserait la paroisse d'Olivier Twist. En d'autres termes, on offrait cinq livres à toute personne, homme ou femme, qui aurait besoin d'un apprenti pour l'aider dans n'importe quel métier, commerce ou profession.

On offre une autre place à Olivier, et il fait ses débuts dans la vie

M. Bumble regagnait l'hospice lorsque, juste devant la porte, il rencontra M. Sowerberry, l'entrepreneur des pompes funèbres de la paroisse.

M. Sowerberry était un homme long, maigre et fortement charpenté, vêtu d'un costume noir élimé, de bas de coton noirs reprisés et de souliers de même couleur. Bien que ses traits n'eussent pas été faits pour le sourire, il aimait à tirer de sa profession matière à plaisanterie. Son visage annonçait des dispositions à la gaieté tandis qu'il s'avançait vers M. Bumble d'un pas élastique et lui serrait la main avec cordialité.

— J'ai pris la mesure des deux femmes qui sont mortes la nuit dernière, monsieur Bumble, dit-il.

— Vous ferez fortune, monsieur Sowerberry, dit le bedeau, tout en introduisant le pouce et l'index dans la tabatière qui lui était offerte, laquelle reproduisait en miniature un cercueil breveté. Je suis sûr que vous ferez fortune, répéta M. Bumble en lui donnant une tape amicale sur l'épaule avec sa canne. À propos, vous ne connaîtriez personne qui voudrait engager un apprenti? Un jeune garçon de l'hospice qui est pour l'instant un boulet suspendu au cou de la paroisse? Conditions avantageuses, monsieur Sowerberry, conditions très avantageuses.

Ce disant, M. Bumble leva sa canne vers l'affiche placée au-dessus de sa tête et frappa trois coups distincts sur les mots «cinq livres sterling» qui étaient imprimés en gigantesques majuscules.

— Eh bien, voyez-vous, monsieur Bumble, répondit M. Sowerberry, je paie ma bonne part de la taxe des pauvres. Je me dis que si je verse tant pour les pauvres j'ai le droit de tirer d'eux tout ce que je puis. Ainsi donc… je crois que je prendrai moi-même cet enfant.

M. Bumble saisit vivement l'entrepreneur des pompes funèbres par le bras et le fit entrer dans l'hospice. M. Sowerberry eut avec ces messieurs du Conseil un entretien de cinq minutes à la suite duquel il fut convenu qu'Olivier entrerait chez lui le soir même, à l'essai – formule signifiant que, si le maître, après une courte épreuve, juge l'enfant capable de lui rapporter plus par son travail qu'il ne lui coûte en nourriture, on le lui livre pour un nombre d'années déterminées avec licence d'en faire ce qui lui plaît.

L'entrepreneur des pompes funèbres venait d'accrocher les volets de sa boutique, et il était en train d'inscrire ses comptes à la lueur lugubre d'une chandelle lorsque M. Bumble entra.

– Ah! ah! fit-il en levant les yeux de son livre, la plume arrêtée au milieu d'un mot. C'est vous, Bumble?

– En personne, répondit le bedeau. Je vous amène l'enfant.

– Ah! le voilà donc, cet apprenti! dit M. Sowerberry en levant la chandelle au-dessus de sa tête pour mieux examiner Olivier. Madame Sowerberry, voulez-vous avoir la bonté de venir un instant, ma chère?

Mme Sowerberry émergea d'une petite pièce qui faisait suite au magasin et apparut sous la forme d'une petite femme courte, mince, pincée, à mine acariâtre.

— Seigneur! fit la femme de l'entrepreneur de pompes funèbres, qu'il est petit!

— Ça, pour être petit, il est petit, répondit M. Bumble en regardant Olivier comme si c'était sa faute. On ne peut pas dire le contraire. Mais il grandira, madame Sowerberry, il grandira.

— Ah! je m'en doute, riposta cette dame avec aigreur; et cela aux dépens de notre cuisine et de notre cave. Je ne vois pour mon compte aucun avantage à prendre des orphelins de la paroisse. Ils coûtent plus cher à nourrir qu'ils ne rapportent.

Là-dessus, elle ouvrit une porte latérale et poussa Olivier dans un escalier très raide qui menait à un cachot de pierre humide et obscur précédant la cave et dénommé cuisine. Une fille débraillée, chaussée de souliers percés et de bas de laine bleue troués, y était assise.

— Dites donc, Charlotte, lui dit Mme Sowerberry qui avait suivi Olivier, donnez à ce garçon les restes de viande qu'on avait mis de côté pour Trip. Il n'a pas reparu depuis le matin; il s'en passera. J'espère que tu ne fais pas le difficile, hein, petit?

Olivier, dont les yeux avaient lui au seul mot de «viande» et qui tremblait d'impatience d'assouvir sa faim, répondit négativement, et une assiettée de restes peu appétissants fut placée devant lui.

Je souhaiterais qu'un de ces moralistes bien nourris,

chez qui la bonne chère se transforme en fiel, qu'un de ces hommes au sang de glace et au cœur de pierre eût pu voir Olivier se jeter sur ces mets délicats que le chien avait dédaignés. Je souhaiterais qu'il eût été témoin de l'avidité sauvage avec laquelle l'enfant affamé les dévorait. Mais ce que je souhaiterais plus encore serait de voir ledit moraliste faire le même repas avec le même plaisir.

— Eh bien, dit Mme Sowerberry quand Olivier eut terminé son souper (elle l'avait regardé faire avec une muette épouvante en faisant de sombres pronostics sur son appétit futur); eh bien, as-tu fini?

Olivier, n'ayant plus rien à manger devant lui, répondit affirmativement.

— Alors, viens avec moi, dit Mme Sowerberry qui prit une petite lampe sale et fumeuse et le précéda dans l'escalier. Ton lit est sous le comptoir. Je pense que cela ne te fait rien de coucher au milieu des cercueils. Allons viens!

Olivier n'attendit pas davantage et suivit docilement sa nouvelle maîtresse.

Olivier fait de nouvelles connaissances.
Assistant à un enterrement pour
la première fois, il conçoit du métier
de son patron une idée peu favorable

Demeuré seul dans la boutique de l'entrepreneur de pompes funèbres, Olivier posa la lampe sur un tabouret et regarda timidement autour de lui avec un sentiment de crainte et de frayeur que bien des gens d'un âge plus avancé n'auront pas de peine à comprendre. Posé sur des tréteaux noirs, un cercueil inachevé avait un air si sombre et si funèbre qu'un frisson secouait Olivier chaque fois que ses yeux se portaient vers ce lugubre objet et que l'enfant s'attendait presque à voir un horrible spectre dresser lentement la tête pour le rendre fou de terreur. La boutique était chaude, sans air, et l'atmosphère semblait imprégnée de l'odeur des cercueils. Le recoin dans lequel le matelas d'Olivier était enfoncé avait l'air d'un tombeau.

Tout en se glissant dans son lit étroit, Olivier en venait à souhaiter que ce lit fût son cercueil et que, couché au cimetière, il pût dormir d'un sommeil long et paisible.

Il fut réveillé le lendemain par le bruit d'un coup de pied envoyé du dehors contre la porte, et avant qu'il eût eu le temps d'enfiler ses vêtements, ce coup de pied fut répété environ vingt-cinq fois avec la même impatience et la même impétuosité.

Olivier ayant tiré les verrous d'une main tremblante ouvrit la porte. Il commença par regarder dans la rue, à droite, puis à gauche, et pensa que l'inconnu était allé faire un petit tour pour se réchauffer, car il ne voyait personne, à part un grand garçon vêtu de l'uniforme des pupilles de la paroisse qui était assis sur une borne, en face de la maison, occupé à manger une tartine de beurre dans laquelle il taillait à l'aide de son couteau d'énormes bouchées qu'il engloutissait avec rapidité.

– Pardon, monsieur, finit par dire Olivier, est-ce vous qui avez frappé ?

– J'ai donné des coups de pied, rectifia le pupille.

– Auriez-vous besoin d'un cercueil ? demanda innocemment Olivier.

Le jeune pupille prit un air furibond.

– Tu ne sais pas qui je suis, sans doute, jeune va-nu-pieds ? poursuivit-il en descendant de sa borne avec majesté.

– Non, monsieur, répondit Olivier.

– Je suis M. Noé Claypole, et tu es sous mes ordres. Ôte les volets, espèce de fainéant.

Sur ce, M. Claypole décocha un coup de pied à Olivier et pénétra dans le magasin d'un air digne, ce qui était un tour de force. Prendre un air digne est chose difficile pour un garçon qui possède une grosse tête, de petits yeux, une carrure épaisse et une tournure lourde ; à plus forte raison s'il joint à ces avantages personnels un nez rouge et des taches de rousseur.

Noé Claypole était un pupille de la paroisse, mais non un orphelin de l'hospice. Ce n'était point un enfant trouvé, car il pouvait faire remonter sa généalogie jusqu'à ses parents, qui habitaient dans le voisinage. Sa mère était blanchisseuse et son père un soldat ivrogne, revenu du régiment avec une jambe de bois et une pension de cinq sous par jour. Les petits commis des boutiques du quartier avaient eu longtemps l'habitude d'appliquer à Noé en pleine rue les épithètes ignominieuses de «sans-le-sou», «voyou de la paroisse» et autres aménités du même genre que Noé supportait sans broncher. Mais maintenant que le hasard avait mis sur sa route un enfant trouvé que le garçon le plus pauvre pouvait regarder avec mépris, il lui rendait avec usure toutes les insultes qu'il avait reçues lui-même.

Il y avait trois ou quatre semaines qu'Olivier était chez l'entrepreneur de pompes funèbres. Un soir, M. et Mme Sowerberry étaient en train de souper dans leur petite arrière-boutique, après la fermeture du magasin, lorsque M. Sowerberry, ayant regardé plusieurs fois sa femme d'un air déférent, commença :

— Ma chère amie, je voulais vous demander votre

avis. Il s'agit du jeune Twist, dit M. Sowerberry. Il a fort bonne mine, cet enfant, ma chère.

– Rien d'étonnant, avec tout ce qu'il mange, observa la dame.

– Sa figure, ma chère, a une expression mélancolique des plus intéressantes. Il ferait un « muet[1] » remarquable, mon trésor. Je ne veux pas dire un *muet* pour convois de grandes personnes, mais seulement pour accompagner les enterrements d'enfants. Ce serait quelque chose de très nouveau, ma chère, d'avoir un *muet* en rapport d'âge avec le défunt. Cela ferait très bel effet, vous pouvez en être sûre.

Mme Sowerberry, qui avait beaucoup de goût pour tout ce qui se rapportait aux pompes funèbres, fut frappée par la nouveauté de cette idée. On décida qu'Olivier serait initié au plus tôt aux mystères de la profession et que, dans ce but, il accompagnerait son maître la prochaine fois qu'on ferait appel à ses services.

L'occasion se présenta bientôt.

– Allons, dit M. Sowerberry, plus tôt fait, plus tôt quitte. Noé, tu garderas le magasin. Olivier, mets ta casquette et viens avec moi.

Olivier obéit et suivit son maître dans sa mission professionnelle.

1. Muet (*mute*) : employé des pompes funèbres qui stationne à la porte de la maison mortuaire et accompagne le convoi.

Ils firent route quelque temps à travers le quartier le plus populeux de la ville, puis s'engagèrent dans une ruelle étroite, plus sale et plus misérable que toutes celles qu'ils venaient de suivre et s'arrêtèrent pour reconnaître la maison où ils se rendaient. Dans le ruisseau croupissait une eau sale, et les rats qui se décomposaient dans cette fange étaient d'une hideuse maigreur.

Une fillette de treize ou quatorze ans vint ouvrir. Un coup d'œil suffit à l'entrepreneur des pompes funèbres pour lui montrer que c'était bien là le logement où il avait affaire. Il entra, suivi d'Olivier. Il n'y avait point de feu dans la pièce, et cependant un homme se penchait machinalement au-dessus du poêle. On voyait des enfants loqueteux dans un autre coin de la chambre, et, dans une sorte d'alcôve en face de la porte, quelque chose gisait sur le sol, recouvert d'une vieille couverture. Olivier frissonna lorsque son regard se porta de ce côté, et instinctivement il se rapprocha de son maître, car, malgré la couverture qui le lui cachait, l'enfant avait deviné qu'il y avait là un cadavre.

— Ah! s'exclama l'homme, qui fondit en larmes et tomba à genoux aux pieds de la morte. Jusqu'au moment où la fièvre l'a prise, je n'avais pas idée à quel point elle était épuisée; les os lui perçaient la peau. Il n'y avait ni feu ni chandelle. Je suis allé dans la rue mendier pour elle, et on m'a conduit en prison. À mon retour, ma femme était mourante, et mon sang s'est glacé quand j'ai vu qu'on l'avait laissée mourir de faim. Je le jure devant Dieu qui voit tout : on l'a laissée mourir de faim !

Le lendemain, Olivier et son maître retournèrent au misérable logis. M. Bumble s'y trouvait déjà en compagnie de quatre pensionnaires de l'hospice qui allaient servir de porteurs. On avait recouvert d'un vieux manteau noir les vêtements troués du mari. Quand le cercueil fut vissé, les porteurs le hissèrent sur leurs épaules et le descendirent dans la rue.

M. Bumble et M. Sowerberry marchaient à vive allure, et Olivier, dont les jambes étaient beaucoup plus courtes que celles de son patron, courait à côté du convoi.

Cependant, il n'y avait pas autant lieu de se presser ; lorsque l'on parvint au coin sombre du cimetière, constitué par un champ d'orties où l'on creusait les tombes des indigents de la paroisse, le pasteur n'était pas là, et le sacristain, qui l'attendait près du feu dans la sacristie, pensait qu'il n'arriverait pas avant une petite heure. On posa donc le cercueil sur le bord de la fosse, et l'homme attendit patiemment dans la boue, sous la bruine, tandis que les gamins déguenillés que le spectacle avait attirés au cimetière jouaient bruyamment à cache-cache parmi les tombes ou variaient leurs plaisirs en sautant à pieds joints par-dessus le cercueil. Sowerberry et Bumble, qui étaient des amis personnels du sacristain, s'étaient installés avec lui au coin du feu et lisaient le journal.

Enfin, après une bonne heure d'attente, on vit M. Bumble, puis Sowerberry, puis le sacristain, revenir en courant vers la tombe. Aussitôt parut le pasteur qui enfilait son surplis tout en marchant. Alors M. Bumble, pour sauver les apparences, fustigea un ou deux gamins, et le ministre du culte, ayant lu de l'office des morts tout ce qu'on peut en condenser en l'espace de quatre minutes, tendit son surplis au sacristain et s'en alla.

– Maintenant, Bill, dit Sowerberry au fossoyeur, remplis la fosse.

C'était chose aisée, car la fosse était si pleine que le dernier cercueil n'était qu'à quelques pieds de la surface du sol. Le fossoyeur y lança quelques pelletées de terre qu'il entassa en la piétinant, mit sa bêche sur l'épaule et partit, suivi des enfants désappointés de voir se terminer si tôt leur partie de plaisir.

– Venez, mon brave. Il faut fermer le cimetière, dit Bumble en tapant sur l'épaule de l'homme.

L'homme, qui n'avait pas bougé depuis qu'il avait pris place près de la fosse, sursauta, leva la tête, regarda fixement celui qui lui parlait, fit quelques pas et tomba sans connaissance. Les autres déversèrent sur lui une potée d'eau froide et, quand il eut repris ses sens, le firent sortir du cimetière qu'ils fermèrent à clef. Et chacun s'en alla de son côté.

– Eh bien, Olivier, dit Sowerberry, tandis qu'ils rentraient ensemble, le métier te plaît-il ?

– Oui, monsieur, merci, répondit Olivier d'un air très hésitant ; pas beaucoup, monsieur.

– Oh ! tu t'y habitueras avec le temps, Olivier ; et, une fois habitué, mon garçon, ça ne te fera plus rien du tout.

Poussé à bout par les railleries de Noé, Olivier, au grand étonnement de son ennemi, engage le combat

Le mois d'essai terminé, Olivier reçut le titre d'apprenti. C'était une jolie saison, fertile en épidémies. Comme on dit en style commercial, les cercueils étaient « très demandés », et dans le cours de quelques semaines Olivier acquit beaucoup d'expérience. Nombreux furent les cortèges funèbres en tête desquels marchait le petit Olivier, le chapeau garni d'un crêpe qui lui tombait jusqu'aux genoux – spectacle qui provoquait l'admiration et l'émotion de toutes les mères de la ville.

Il continua durant plusieurs mois à supporter sans

broncher la domination et les brimades de Noé Claypole. Ce dernier le maltraitait encore davantage, car sa jalousie était excitée par la vue du nouvel apprenti promu aux honneurs du bâton noir et du chapeau garni de crêpe, quand lui, l'ancien, demeurait avec sa casquette ronde de pupille et sa culotte de cuir. Charlotte malmenait Olivier pour faire comme Noé et Mme Sowerberry se montrait son ennemie déclarée parce que M. Sowerberry lui témoignait de la bienveillance. Aussi, entre ce trio d'une part et une surabondance de funérailles de l'autre, Olivier ne se sentait tout de même pas aussi heureux que le petit cochon affamé du conte que l'on avait enfermé par mégarde dans le grenier à orge d'une brasserie.

Maintenant, j'en arrive au récit d'un épisode très important dans l'histoire d'Olivier, car si le fait que je vais raconter peut paraître futile et négligeable, il n'en amena pas moins par la suite un changement complet dans l'orientation de son existence.

Un jour qu'Olivier et Noé étaient descendus à la cuisine à l'heure habituelle pour se régaler d'un petit morceau de mouton – une livre et demie de peau et d'os pris dans la plus mauvaise partie du cou –, Charlotte ayant dû s'absenter, il y eut un bref moment d'attente que Noé Claypole, poussé par la faim et la méchanceté, estima ne pouvoir mieux employer qu'à tourmenter le jeune Olivier.

– Va-nu-pieds, dit-il, comment se porte ta mère ?

– Elle est morte, répondit Olivier ; ne me parle pas d'elle.

– De quoi est-elle morte, va-nu-pieds ?

– De chagrin, m'ont raconté les vieilles femmes qui l'ont soignée, dit Olivier répondant moins à Noé qu'à ses propres pensées. Cela ne m'étonne pas qu'on puisse mourir de chagrin.

– Tu dois savoir, va-nu-pieds, que ta mère était une rien du tout. Et il vaut encore mieux qu'elle soit morte comme ça, sinon elle aurait fini en prison, aux travaux forcés ou, ce qui est encore plus probable, à la potence.

Rouge de fureur, Olivier sauta sur ses pieds, renversant chaise et table, saisit Noé à la gorge et le secoua avec une telle violence que les dents de celui-ci s'entrechoquèrent, puis, rassemblant toutes ses forces, d'un coup vigoureux il l'allongea par terre. La minute d'avant, c'était un enfant doux et triste, rendu craintif par les mauvais traitements. Mais dans son cœur venait de s'éveiller une ardeur nouvelle. Cette injure jetée à la mémoire de sa mère l'avait mis hors de lui. La poitrine haletante, la tête haute, les yeux étincelants, véritablement transformé, il fixait un regard farouche sur son lâche persécuteur étendu à ses pieds et le bravait avec un courage qu'il ne se connaissait pas.

– À l'assassin ! mugissait Noé. Charlotte !...

Madame!... L'apprenti m'assassine!... Au secours! Olivier est devenu fou! Char-lotte!...

Aux clameurs de Noé répondit un cri perçant de Charlotte, puis un autre plus perçant encore de Mme Sowerberry. La première fit irruption dans la cuisine par une porte latérale, pendant que la seconde s'arrêtait au milieu de l'escalier afin de s'assurer qu'en descendant plus bas elle ne mettait pas ses jours en danger.

– Oh! le petit monstre! hurla Charlotte en saisissant Olivier et en le maintenant de toute sa force, qui était celle d'un homme ordinaire en excellente forme. L'in-grat! le vau-rien! l'as-sas-sin!

Entre chaque syllabe, elle administrait à Olivier un vigoureux coup de poing accompagné d'un cri destiné à ameuter le public. Le poing de Charlotte n'était pas léger, assurément. Mais, de peur qu'il ne suffît point à calmer la fureur d'Olivier, Mme Sowerberry bondit dans la cuisine et, tandis qu'elle aidait à le maintenir d'une main, elle lui égratigna la figure de l'autre. Les affaires ayant pris cette tournure favorable, Noé se releva et bourra Olivier de coups de poing par-derrière.

Cet exercice était trop violent pour durer longtemps. Quand tous trois furent épuisés au point de ne plus pouvoir frapper ni griffer davantage, ils traînèrent à la cave l'enfant qui criait et se débattait sans s'avouer vaincu et l'y enfermèrent à clef. Ceci fait, Mme Sowerberry s'affala sur une chaise et fondit en larmes.

— Qu'est-ce que nous allons faire ? Votre maître est sorti, il n'y a pas d'homme dans la maison, et Olivier aura enfoncé cette porte à coups de pied avant dix minutes — les poussées vigoureuses qu'Olivier administrait à la porte en question rendaient cette supposition fort plausible. Cours chercher M. Bumble, Noé, et dis-lui de venir ici tout de suite, sans perdre une minute.

Olivier persiste dans sa rébellion

Noé Claypole fit le trajet au pas de course, sans reprendre haleine, et ne s'arrêta qu'à l'entrée de l'hospice. Après avoir fait halte une minute afin de préparer une explosion de sanglots et de se composer une attitude terrifiée, il frappa vigoureusement à la porte.

— Monsieur Bumble ! cria Noé d'un air d'effroi parfaitement joué et d'une voix si sonore et si bouleversée que M. Bumble se précipita dans la cour sans son tricorne. Olivier... il est devenu féroce. Il a essayé de me tuer, monsieur. Et puis, il a essayé de tuer Charlotte ; et aussi madame. Oh ! que je souffre ! c'est affreux, monsieur !

Et Noé se tordit en tous sens, comme une anguille, pour faire croire à M. Bumble que l'attaque violente et sauvage d'Olivier avait déterminé chez lui de graves lésions internes qui lui occasionnaient à l'instant même d'atroces souffrances.

M. Bumble et Noé Claypole se dirigèrent à vive allure vers la boutique de l'entrepreneur de pompes funèbres.

Là, les affaires ne s'étaient pas améliorées le moins du monde. Sowerberry n'était pas rentré, et Olivier continuait à ébranler à coups de pied la porte de la cave avec la même vigueur. Mme Sowerberry et Charlotte firent un tableau si saisissant de la férocité de l'apprenti que M. Bumble jugea préférable de parlementer avant d'ouvrir.

— Oh! monsieur Bumble, je crois qu'il est devenu fou, dit Mme Sowerberry.

— Ce n'est pas un coup de folie, déclara M. Bumble après un moment de profonde réflexion. C'est la viande. Vous l'avez trop nourri, madame, vous avez éveillé en lui une âme et un esprit artificiels qui ne conviennent point à sa situation. Qu'est-ce que les pauvres ont à faire d'une âme et d'un esprit? C'est bien assez de leur laisser un corps. Si vous aviez nourri ce garçon de bouillie, madame, tout cela ne serait pas arrivé.

— Mon Dieu! s'exclama Mme Sowerberry en

levant pieusement les yeux vers le plafond de la cuisine. Voilà ce que c'est que d'être généreux!

Sur ces entrefaites, M. Sowerberry rentra. Le crime d'Olivier lui ayant été relaté avec tous les embellissements que les femmes jugèrent propres à exciter sa colère, il ouvrit la porte en un clin d'œil et, saisissant au collet son apprenti rebelle, le tira hors de la cave.

– Eh bien, tu fais un joli garnement! dit Sowerberry en lui administrant une bourrade et une taloche sur l'oreille.

– Il a insulté ma mère, riposta Olivier.

– Et puis après, petit monstre? lança Mme Sowerberry. Elle méritait ce qu'il a dit, et pire encore.

– C'est un mensonge! s'écria Olivier.

Mme Sowerberry fondit en larmes. Ces larmes ne laissèrent pas le choix à M. Sowerberry. Étant donné les précédents offerts par d'autres querelles de ménage, tout lecteur averti comprendra que, s'il avait hésité un instant à punir Olivier sévèrement, le malheureux se serait fait traiter de brute, d'époux dénaturé, de triste individu n'ayant d'humain que l'apparence et autres appellations agréables et variées dont l'énumération excéderait les limites de ce chapitre.

Aussi se mit-il sur-le-champ à administrer à son apprenti une raclée qui satisfit Mme Sowerberry elle-même et rendit une application subséquente de la canne paroissiale parfaitement inutile.

Ce ne fut que lorsqu'il se retrouva seul dans le silencieux et lugubre magasin du fabricant de cercueils qu'Olivier donna libre cours aux sentiments qu'un traitement de ce genre avait toute chance d'éveiller dans le cœur d'un enfant : il se laissa tomber à genoux sur le sol, se cacha la tête dans les mains et versa de telles larmes qu'il faut prier Dieu que, pour l'honneur de la nature humaine, peu d'enfants aient jamais lieu d'en répandre de semblables devant Lui.

Quand le premier rayon de lumière parut à travers les interstices des volets, Olivier se leva et ouvrit la porte. Il jeta un regard craintif autour de lui, eut un instant d'hésitation, puis tira la porte derrière lui et se trouva au milieu de la rue. Il regarda à droite, puis à gauche, ne sachant d'abord de quel côté fuir. Il se souvint d'avoir vu les voitures de roulage qui sortaient de la ville monter péniblement la côte, et il prit cette direction. Arrivé à un petit chemin qui coupait à travers champs pour rejoindre un peu plus loin la grand-route, il s'y engagea d'un pas rapide.

Olivier se rend à Londres à pied et rencontre en route un jeune homme des plus singuliers

Arrivé à la barrière où se terminait le sentier, Olivier se retrouva sur la grand-route. Il était alors huit heures. Bien qu'ayant fait déjà près de cinq milles, Olivier ne cessa jusqu'à midi de courir ou de se cacher derrière des haies, tant il craignait d'être poursuivi et rattrapé. Enfin, il s'assit pour se reposer près d'une borne milliaire et se demanda pour la première fois où il pourrait bien aller pour essayer de gagner sa vie.

La borne près de laquelle il était assis indiquait en gros caractères que ce lieu était exactement à soixante-dix milles de Londres. Ce nom éveilla toutes sortes d'idées nouvelles dans l'esprit du petit garçon. Londres ! – cette ville immense ! Là, personne, pas même M. Bumble, ne pourrait le découvrir. Il avait souvent entendu dire aux vieux de l'hospice qu'un garçon avisé ne manquait jamais de rien à Londres et qu'on trouvait là-bas des moyens de se tirer d'affaire dont les gens de la campagne n'ont pas idée. C'était vraiment l'endroit choisi pour un garçon sans asile et qui risquait de mourir dans la rue si personne ne lui venait en aide. Comme ces dires lui revenaient à la mémoire, il sauta sur ses pieds et se remit en marche.

Il avait diminué de quatre bons milles la distance qui le séparait de Londres sans avoir encore songé à tout ce qu'il aurait à endurer avant d'atteindre son lieu de destination. Il avait un croûton de pain, une grosse chemise et deux paires de bas dans son ballot ; il avait aussi un penny, don de M. Sowerberry après un enterrement où il s'était acquitté de son rôle mieux encore que de coutume.

Olivier fit vingt milles ce jour-là sans prendre autre chose que son croûton de pain et quelques verres d'eau sollicités à la porte des maisons qui donnaient sur la route. Quand la nuit vint, il entra dans une prairie et se blottit contre une meule de foin pour s'y reposer jusqu'au matin.

En se levant, le lendemain matin, il était tout engourdi et tout transi, et il avait si faim qu'il dut dépenser son penny dans le premier village qu'il traversa pour acheter du pain. Le fait est que, sans un brave homme de garde-barrière et une vieille dame compatissante, les tribulations d'Olivier auraient été abrégées de la même façon que celles de sa mère ; en d'autres termes, il serait certainement mort sur la grand-route. Mais le garde-barrière lui donna un bon repas de pain et de fromage ; quant à la vieille dame, elle eut pitié du pauvre orphelin et lui donna le peu qu'elle pouvait.

Sept jours après avoir quitté sa ville natale, Olivier

pénétra clopin-clopant dans la petite ville de Barnet. C'était le matin, de très bonne heure, les volets étaient clos, la rue était vide; personne encore ne vaquait aux occupations de la journée. Le soleil se leva dans toute sa splendeur, mais la lumière du jour servit seulement à faire voir au petit garçon son isolement et sa lamentable situation, tandis qu'il se reposait, couvert de poussière et les pieds en sang, sur le seuil glacé d'une porte.

Il y avait un bon moment qu'Olivier était accroupi sur sa marche, s'étonnant de voir tant de tavernes (Barnet en compte une sur deux maisons), lorsqu'il remarqua un jeune garçon qui était passé près de lui d'un air indifférent quelques minutes auparavant, puis était revenu sur ses pas et l'observait maintenant de l'autre côté de la rue avec beaucoup d'attention.

Olivier avait rarement vu de gamin aussi bizarre d'aspect. Le nez retroussé, le front plat, et aussi sale qu'un jouvenceau peut l'être, il avait la physionomie d'un enfant, mais l'air et les manières d'un homme. Il était plutôt petit pour son âge, avait les jambes arquées et de vilains petits yeux de furet. Enfin, il avait l'air aussi effronté et aussi faraud que peut se le donner un jeune personnage qui ne mesure pas plus de quatre pieds six pouces et même moins, tout chaussé.

— Eh bien, moucheron, qu'est-ce qui ne va pas?
— J'ai très faim et je suis bien fatigué, dit Olivier

les larmes aux yeux. Je viens de faire une longue route à pied ; voilà sept jours que je marche.

— Sept jours ! reprit le jeune homme. Je suppose que tu aimerais avoir un gîte pour la nuit prochaine, hein ?

— Oh ! oui, répondit Olivier. Depuis que j'ai quitté le pays, je n'ai pas couché sous un toit.

— Ne t'en fais pas, dit le jeune inconnu, je retourne à Londres ce soir, et j'y connais un vieux monsieur très comme il faut qui te logera gratis et sans te demander la monnaie.

Cette offre inespérée d'un abri était trop tentante pour être déclinée ; d'autant plus qu'elle fut suivie de l'assurance que ledit vieux monsieur procurerait sans aucun doute à Olivier une excellente situation, et cela dans le plus bref délai. L'entretien ayant ainsi pris un tour amical et confidentiel, Olivier découvrit que son compagnon, qui s'appelait Jack Dawkins, était le protégé et le favori du vieux monsieur mentionné ci-dessus.

L'extérieur de M. Dawkins ne parlait pas beaucoup en faveur des avantages matériels que pouvait valoir aux protégés du vieux monsieur l'intérêt qu'il leur portait, mais comme il s'exprimait dans un langage plutôt lâché et de mauvais ton et que, de plus, il avouait que ses meilleurs amis l'appelaient de préférence «l'Astucieux Renard», Olivier jugea que son compagnon avait une nature insouciante et dissipée, et que les préceptes moraux de son bienfaiteur n'avaient eu sur lui aucune influence.

Il était près d'onze heures lorsqu'ils arrivèrent à la barrière d'Islington.

Bien qu'Olivier eût assez à faire pour ne pas perdre de vue son guide, il ne pouvait s'empêcher de jeter des regards rapides à droite et à gauche. Jamais il n'avait vu d'endroit plus sale et plus misérable. La rue était étroite et boueuse et l'air imprégné d'odeurs nauséabondes. Les seuls lieux qui semblaient prospères au milieu de cette misère générale, c'étaient les cabarets où l'on entendait des Irlandais de la pire catégorie se chamailler bruyamment. Des passages couverts et des cours qui s'ouvraient çà et là sur la rue laissaient voir de petits pâtés de maisons devant lesquels des hommes et des femmes ivres se vautraient littéralement dans la boue. De certaines portes on voyait émerger avec précaution des gaillards de mine douteuse qui se disposaient, selon toute apparence, à des expéditions qui n'avaient rien de louable ni d'innocent.

Olivier était en train de se demander s'il ne ferait pas mieux de se sauver, lorsqu'ils atteignirent le bas de la rue. Son compagnon, l'attrapant par le bras, ouvrit la porte d'une maison proche de Field Lane, l'entraîna dans le corridor et referma la porte sur eux. Olivier gravit avec difficulté l'escalier obscur aux marches branlantes que son guide escaladait avec une aisance dénotant une longue habitude. Le Renard ouvrit une porte et entra, suivi d'Olivier.

Les murs et le plafond de la pièce étaient tout noircis par le temps et la saleté. Il y avait devant la cheminée une table en bois blanc, et, sur cette table, une chandelle fichée dans une bouteille, deux ou trois pots d'étain, un pain, un morceau de beurre et une assiette. Sur le feu, des saucisses cuisaient dans une poêle à frire dont la queue était attachée par une ficelle au manteau de la cheminée. Penché au-dessus de la poêle, une fourchette à griller le pain à la main, se tenait un vieux Juif ratatiné dont la repoussante figure était ombragée par une tignasse de cheveux roux. Il était vêtu d'une robe de chambre de flanelle graisseuse qui lui découvrait le cou et il semblait diviser son attention entre les saucisses et un chevalet auquel étaient suspendus une quantité de mouchoirs de soie. Plusieurs couchettes grossières, faites de vieux sacs, étaient placées de guingois sur le sol, les unes à côté des autres. Quatre ou cinq gamins pas plus âgés que le Renard étaient assis autour de la table, fumant de longues pipes en terre et buvant de l'eau-de-vie avec des allures d'hommes. Tous se précipitèrent autour de leur camarade qui glissait tout bas quelques mots au Juif, puis se tournèrent en ricanant vers Olivier. Le Juif en fit autant sans lâcher sa fourchette.

– Le voilà, Fagin, dit Jack Dawkins. Voilà mon ami Olivier Twist.

Le Juif grimaça un sourire, fit un profond salut et prit Olivier par la main en exprimant le désir de faire plus ample connaissance.

– Nous sommes enchantés de te voir, Olivier, vraiment enchantés. Le Renard, retire donc les saucisses et approche un baquet du feu pour faire asseoir Olivier. Ah! tu regardes tous ces mouchoirs de poche, eh, mon cher petit? Il y en a beaucoup, n'est-ce pas? Nous venons justement de les préparer pour la lessive. Voilà tout, Olivier, voilà tout. Ah! ah! ah!...

La fin de ce discours fut saluée par des acclamations bruyantes poussées par tous les dignes élèves de l'aimable vieillard, et c'est au milieu de ce tapage qu'on se mit à souper. Olivier mangea sa part, puis le Juif lui prépara dans un verre un mélange de genièvre et d'eau chaude en recommandant à l'enfant de le boire tout de suite parce qu'un autre convive avait besoin du verre. Olivier obéit à cet ordre. Aussitôt, il se sentit transporté sur l'une des couchettes et s'endormit d'un lourd sommeil.

Où l'on trouvera de plus amples détails sur l'aimable vieillard et ses remarquables élèves

Le lendemain matin, Olivier venait de finir sa toilette et de tout ranger en vidant la cuvette par la fenêtre, selon les instructions du Juif, lorsque le Renard revint, accompagné d'un jeune ami d'un caractère spécialement enjoué qui lui fut présenté selon les formes sous le nom de Charley Bates.

— Eh bien ! dit le Juif au Renard, j'espère que vous avez déjà travaillé ce matin ? Toi, le Renard, qu'as-tu rapporté ?

— Deux portefeuilles, répondit le jeune homme.

— Pas si lourds qu'ils pourraient l'être, dit le Juif après en avoir examiné soigneusement l'intérieur. Et toi, que rapportes-tu, mon enfant ? dit Fagin à Charley Bates.

— Des nifflettes, répondit master Bates qui déploya en même temps quatre mouchoirs de poche.

— Bien, dit le Juif en les regardant minutieusement. Ils sont de belle qualité, de très belle qualité. Il faudra retirer tous ces chiffres avec une aiguille. Nous apprendrons à Olivier à faire ce petit travail. Tu veux bien, Olivier ? Ah ! ah ! ah !

— Certainement, monsieur, si vous voulez bien me montrer comment m'y prendre, répondit Olivier.

Le déjeuner terminé, l'aimable vieillard et les deux jeunes gens se livrèrent à un jeu singulier : l'aimable vieillard plaça une tabatière dans une poche de son pantalon, un calepin dans l'autre, glissa dans son gousset une montre dont la chaîne passait autour de son cou, piqua dans sa chemise une épingle ornée d'un faux diamant et boutonna étroitement son habit dans la poche duquel étaient enfouis son mouchoir et son étui à lunettes ; puis il se mit à parcourir la pièce de long en large à petits pas, la canne à la main, à la façon des vieux messieurs se promenant dans la rue. Tantôt il s'arrêtait devant le feu, tantôt devant la porte, et faisait semblant de considérer attentivement un étalage. Les deux gamins le suivaient de près, mais chaque fois que le vieillard se retournait, ils s'esquivaient si prestement qu'il était impossible de suivre leurs évolutions. Pour finir, le Renard lui marchait sur les pieds, tandis que Charley Bates le bousculait par derrière et, en un tournemain, ils lui enlevaient tabatière, carnet, montre, chaîne, épingle de cravate, mouchoir, et jusqu'à l'étui à lunettes. Si le vieillard sentait le passage d'une main dans une de ses poches, il le signalait et l'on reprenait la partie depuis le commencement. Quand on eut répété ce jeu un bon nombre de fois, deux jeunes demoiselles vinrent rendre visite aux jeunes messieurs. L'une s'appelait Betsey, et l'autre Nancy. Elles avaient d'abondantes chevelures un peu en désordre, et leurs bas et leurs souliers laissaient fort à désirer. Avec leurs manières engageantes et sans façons, Olivier les trouva fort aimables; et sans doute avait-il raison.

Les visiteuses restèrent longtemps. L'une d'elles s'étant plainte d'avoir «l'intérieur gelé», on servit de l'eau-de-vie, et la conversation prit un tour très gai. À la fin, Charley Bates exprima l'opinion qu'il était temps de se «cavaler», et Olivier pensa que c'était un mot français qui signifiait sortir, car aussitôt le Renard, Charley et les deux jeunes demoiselles s'en allèrent ensemble, après avoir été généreusement fournis d'argent de poche par l'aimable vieux Juif.

— Eh bien! mon petit, dit Fagin, n'est-ce pas là un genre de vie très agréable? Les voilà maintenant qui vont se promener tout le reste de la journée. À moins qu'ils ne voient quelque chose à faire quand ils seront dehors; dans ce cas, ils ne négligeront pas l'occasion. Imite-les, mon ami, ajouta-t-il en frappant le sol à coups de tisonnier pour appuyer ses paroles. Fais tout ce qu'ils te diront, et suis leurs conseils en tout – spécialement ceux du Renard. Est-ce que mon mouchoir ne pend pas de ma poche, mon petit? demanda-t-il, s'arrêtant court.

— Oui, monsieur.

— Regarde un peu si tu peux le prendre sans que je le sente, comme les autres le faisaient en jouant ce matin.

Olivier souleva d'une main le fond de la poche, ainsi qu'il l'avait vu faire au Renard, et, de l'autre, tira légèrement le mouchoir.

– Le voici, monsieur, dit Olivier, montrant le mouchoir qu'il tenait à la main.

– Tu es un garçon intelligent, mon petit, dit l'aimable vieillard en lui caressant la tête d'un air approbateur. Tiens, pour la peine, voilà un shilling. Si tu continues de la sorte, tu deviendras le plus grand homme de ton temps. Maintenant, viens ici, et je te montrerai à retirer les marques des mouchoirs.

Olivier se demanda comment le fait de jouer à vider les poches du vieux monsieur pouvait en aucune façon préparer à devenir un grand homme. Mais il pensa que le Juif, qui était considérablement plus âgé que lui, devait le savoir. Il le suivit docilement près de la table et fut bientôt profondément absorbé dans son nouveau travail.

Olivier apprend à connaître ses nouveaux associés et acquiert cette expérience à ses dépens. Chapitre très important en dépit de sa brièveté

Olivier demeura plusieurs jours dans la chambre du Juif, occupé à démarquer les mouchoirs de poche qui arrivaient en grand nombre au logis et prenant quelquefois part au jeu décrit précédemment que le Juif et les deux gamins pratiquaient régulièrement chaque matin. À la fin, il ressentit une telle soif de grand air qu'il pria instamment son hôte de lui permettre de sortir pour aller travailler avec ses deux camarades.

Enfin, un beau matin Olivier obtint la permission si ardemment sollicitée. L'aimable vieillard dit à Olivier qu'il pouvait sortir et le plaça sous la double protection de Charley Bates et de son ami le Renard.

Tous trois se mirent en route. Leur allure indolente ressemblait tellement à une flânerie de mauvais aloi qu'Olivier soupçonna bientôt ses compagnons de tromper le vieillard en n'allant point travailler. Ils venaient d'émerger d'un étroit passage, non loin du jardin public de Clerkenwell, quand le Renard s'arrêta soudain et, posant un doigt sur ses lèvres, ramena ses compagnons en arrière avec la plus grande circonspection.

– Qu'y a-t-il ? demanda Olivier.

– Chut ! répondit le Renard. Tu vois le vieux type, là-bas, devant le libraire ?

– Le vieux monsieur de l'autre côté de la rue ? dit Olivier. Oui, je le vois.

– Il fera l'affaire, dit le Renard.

– Épatamment ! observa master Charley Bates.

Olivier les considéra l'un et l'autre avec la plus grande surprise, mais, avant qu'il eût pu demander des éclaircissements, les deux gamins avaient traversé la rue silencieusement et s'étaient glissés derrière le vieux monsieur en question.

Le vieux monsieur avait un air des plus respectables avec ses cheveux poudrés et ses lunettes d'or. Il avait pris un livre à l'étalage et le lisait debout avec autant d'attention que s'il avait été installé dans un fauteuil de son bureau.

Quels ne furent pas l'horreur et l'effroi d'Olivier qui suivait la scène avec des yeux ronds, quand il vit le Renard plonger la main dans la poche du vieux monsieur, en tirer un mouchoir, le tendre à Charley Bates, puis décamper avec son compère et disparaître en un clin d'œil au premier coin de rue !

L'enfant demeura d'abord immobile, le sang battant si violemment dans ses veines qu'il se sentait comme dans un brasier ; puis, pris de panique, il tourna les talons et s'enfuit à toutes jambes sans savoir ce qu'il faisait. Tout ceci fut l'affaire d'une seconde. Au moment même où Olivier se mettait à courir, le vieux monsieur porta la main à sa poche et, n'y trouvant pas son mouchoir, se retourna brusquement. En voyant le gamin qui s'enfuyait, il conclut logiquement que c'était lui le coupable et, sans lâcher son livre, se lança à sa poursuite en criant : « Au voleur ! »

« Au voleur ! » Il y a dans ce cri quelque chose de magique. Le commerçant abandonne son comptoir, le charretier sa voiture ; le boucher jette à terre son plateau, le boulanger sa corbeille, le petit commissionnaire ses paquets, l'écolier ses billes, le paveur son pic, l'enfant sa raquette ; et les voilà partis, tête baissée, pêle-mêle, à la débandade, courant, hurlant, renversant les passants au coin des rues, réveillant les chiens, affolant les volailles et faisant retentir les rues, les squares et les passages de la même clameur. « Au voleur ! » La passion de la chasse est profondément enracinée dans l'âme humaine. Voici un malheureux enfant, haletant de fatigue, la terreur peinte sur son visage, ruisselant de sueur, qui rassemble toutes ses forces pour échapper à ceux qui le poursuivent ; et tous ces gens, tandis qu'ils le serrent de près et gagnent du terrain de seconde en seconde, saluent le déclin de ses forces par des cris redoublés, des huées et des hourras.

Étendu sur le sol, couvert de boue et de poussière, la bouche en sang, Olivier regardait d'un air égaré toutes ces figures qui l'entouraient lorsque, poussé d'un côté, tiré de l'autre, le vieux monsieur fut obligeamment introduit dans le cercle par ceux qui étaient arrivés les premiers.

Un policeman (la dernière personne qui arrive d'ordinaire en pareil cas) s'était frayé un chemin à travers la foule et avait saisi Olivier par le col de son vêtement.

— Allons, debout! fit-il rudement.

— Ce n'est pas moi, monsieur, je vous l'assure. Ce sont deux autres garçons qui ont fait le coup, dit Olivier en regardant tout autour de lui. Ils doivent être quelque part près d'ici.

— Il y a des chances que non, dit le policeman. (Il voulait être ironique, mais disait vrai néanmoins, car le Renard et Charley Bates s'étaient enfilés dans la première ruelle propice qu'ils avaient rencontrée.) Allons, debout!

— Ne lui faites pas de mal, dit le vieux monsieur avec compassion.

— Oh! non, je ne lui ferai aucun mal, répliqua le policeman. (Et il justifia cette affirmation en saisissant l'enfant avec tant de douceur qu'il lui arracha à moitié sa veste.) Allons, pas de grimaces! Veux-tu te mettre sur tes jambes, oui ou non, petite fripouille?

Olivier, qui pouvait à peine se soutenir, se remit debout avec effort, et le policeman, sans lâcher son col, l'entraîna aussitôt à toute allure le long des rues. Le vieux monsieur marchait à côté du policeman, et tous les badauds qui avaient pu se faufiler en avant les précédaient en se retournant de temps à autre pour regarder Olivier. Les gamins poussaient des cris de triomphe ; et le cortège s'en fut ainsi.

Où paraît M. Fang, commissaire de police. Ce chapitre donne un petit échantillon de sa façon de rendre la justice

Le délit ayant été commis dans le district et même dans le voisinage immédiat d'un commissariat de police qui jouissait d'une grande notoriété, la foule n'eut le plaisir d'escorter Olivier que le long de deux ou trois rues et à travers la place de Mutton Hill. Là, on fit passer le jeune accusé par une porte basse et un couloir malpropre qui formaient les petites entrées du sanctuaire où se dispense une justice sommaire. Dans la cour pavée où ils débouchèrent, ils rencontrèrent un gros homme avec des favoris touffus sur les joues et un trousseau de clefs à la main.

— De quoi s'agit-il ? demanda l'homme avec indifférence.

— D'un jeune filou, répondit le policeman qui tenait Olivier.

– C'est vous le plaignant ? demanda l'homme aux clefs.

– Oui, répondit le vieux monsieur. Mais je ne suis pas certain que ce soit cet enfant qui m'ait volé mon mouchoir. Je... j'aimerais autant ne pas pousser l'affaire plus loin.

– Il faut d'abord passer devant le magistrat, monsieur, répliqua l'homme. Son Honneur sera libre dans un petit instant. Ici, gibier de potence !

Ces derniers mots, qui s'adressaient à Olivier, étaient une invite à passer par une porte, donnant accès dans un cachot de pierre, que l'homme avait ouverte en parlant. Dans ce cachot, on commença par fouiller Olivier, et, rien n'ayant été trouvé sur lui, on l'y enferma.

Le vieux monsieur avait l'air aussi consterné qu'Olivier lorsque la clef grinça dans la serrure, et il regarda en soupirant le livre qui se trouvait être la cause innocente de cette désagréable aventure.

«Il y a dans le visage de cet enfant quelque chose qui me touche et m'intéresse à la fois, se disait-il en lui-même, tandis qu'il s'éloignait lentement en se tapotant le menton avec le livre d'un air pensif. Se pourrait-il qu'il fût innocent ? Il ressemble à... Ma parole ! où ai-je donc vu ce regard-là ?»

Mais le vieux monsieur ne pouvait retrouver aucune physionomie dont les traits d'Olivier fussent le reflet. Et comme il était un vieux monsieur distrait, il se plongea de nouveau dans les pages de son livre moisi.

Il fut tiré de sa lecture par une main qui lui touchait l'épaule. L'homme aux clefs lui demandait de bien vouloir le suivre dans le bureau du commissaire. Il ferma vivement son livre et fut introduit sur-le-champ en l'imposante présence du fameux M. Fang.

Le bureau, dont les murs étaient revêtus de boiseries, donnait sur la rue. M. Fang siégeait tout au bout, derrière une balustrade. Près de la porte se trouvait une sorte de cage dans laquelle le pauvre petit Olivier était déjà, tout effrayé par cette alarmante mise en scène.

M. Fang était un homme maigre, de taille moyenne, pourvu d'un dos très long, d'un cou très raide et d'une quantité modérée de cheveux disposés sur la nuque et de chaque côté de la tête. Son visage était dur, et son teint très coloré. Si vraiment il n'avait pas l'habitude de boire plus qu'il ne lui était salutaire, il aurait pu intenter à sa figure un procès en diffamation et obtenir de forts dommages et intérêts.

Le vieux monsieur salua respectueusement, s'avança vers le bureau du magistrat et dit en présentant sa carte : « Voici mon nom et mon adresse, monsieur », puis recula d'un pas ou deux avec un autre salut courtois et attendit qu'on l'interrogeât.

— Agent, dit M. Fang, de quoi cet individu est-il accusé ?

– Il n'est accusé de rien, Votre Honneur, répondit l'agent ; c'est lui qui porte plainte contre l'enfant.

Son Honneur le savait parfaitement, mais c'était là une façon commode et sûre de molester les gens.

– ... Porte plainte contre l'enfant, dites-vous ? dit Fang en examinant dédaigneusement M. Brownlow de la tête aux pieds. Faites-lui prêter serment.

– Avant de prêter serment, je demande à dire un mot...

– Taisez-vous, monsieur ! ordonna M. Fang d'un ton péremptoire.

– Je ne me tairai pas, riposta M. Brownlow.

– Taisez-vous à l'instant même, ou je vous fais expulser du bureau ! Vous êtes un insolent, un mal élevé ! Comment osez-vous braver ainsi la justice ? Faites-lui prêter serment, dit Fang au greffier ; je ne supporterai pas un mot de plus.

L'indignation de M. Brownlow était grande, mais, réfléchissant que s'il la laissait éclater, l'enfant pourrait peut-être en pâtir, il se contint et se soumit sans plus tarder à la formalité du serment.

– Maintenant, dit Fang, de quelle accusation l'enfant est-il chargé ?

Le policeman raconta comment il avait opéré l'arrestation, comment il avait fouillé Olivier sans rien trouver sur lui et dit qu'il n'en savait pas davantage.

M. Fang resta silencieux quelques minutes, puis, se tournant vers le plaignant, dit d'un ton furieux :

— Avez-vous l'intention, oui ou non, de formuler votre plainte ? Vous avez prêté serment. Si vous persistez à refuser de faire votre déposition, je vous punirai pour manque de respect envers la magistrature.

Après bien des interruptions et bien des insultes, M. Brownlow parvint à faire sa déposition, observant que, dans la surprise du premier moment, il s'était mis à courir après l'enfant parce qu'il voyait celui-ci s'enfuir, et exprimant le souhait que l'accusé fût traité avec toute l'indulgence compatible avec la justice.

Olivier leva la tête et jetant autour de lui des regards suppliants demanda d'une voix faible qu'on voulût bien lui donner un peu d'eau.

— Simagrées que tout cela ! dit M. Fang. N'essaie pas de te payer ma tête.

— Prenez garde, dit le vieux monsieur en levant les mains d'un geste instinctif, il va tomber.

— Écartez-vous ! cria Fang. Qu'il tombe si cela lui fait plaisir !

Olivier profita aussitôt de cette bienveillante permission et tomba lourdement sur le sol, sans connaissance. Les agents qui se trouvaient dans le bureau se regardèrent, mais pas un ne bougea.

— Je savais qu'il jouait la comédie, déclara M. Fang, comme si ce qui venait d'arriver en était la preuve irréfutable. Qu'on le laisse par terre, il en aura bientôt assez.

— Quelle sentence vous proposez-vous de rendre ? interrogea le greffier à voix basse.

— Une sentence sommaire. Condamné à trois mois de prison. Travaux forcés, cela va sans dire. Évacuez le tribunal.

On ouvrit la porte dans cette intention, et deux agents se préparaient à remporter dans la cellule l'enfant évanoui quand un homme âgé, d'apparence convenable, mais modeste, vêtu d'un vieux costume noir, se précipita dans la salle et s'avança vers le magistrat.

— Arrêtez, arrêtez ! ne l'emmenez pas, pour l'amour de Dieu ! Attendez un instant, dit le nouveau venu d'une voix haletante. J'ai tout vu. C'est moi le libraire. Je demande à prêter serment.

— Faites prêter serment à cet individu, grogna Fang de fort mauvaise grâce. Maintenant, qu'avez-vous à dire ?

— Ceci, répondit l'homme : j'ai vu trois enfants, deux gamins et l'accusé que voilà, qui flânaient sur le trottoir en face de ma boutique, tandis que le gentleman ici présent était en train de lire. Le vol a été commis par l'un des deux autres gamins. Je l'ai vu faire, et j'ai vu également que l'enfant qui est ici en avait l'air stupéfié.

— Le plaignant était en train de lire, dites-vous? demanda M. Fang après une pose.

— Oui, répondit l'homme, le livre même qu'il tient à la main.

— Ah! ce livre-là! dit Fang. Est-il payé?

— Non, fit l'homme avec un sourire.

— Seigneur! s'exclama innocemment le distrait vieillard, je n'y pensais plus!

— Vous êtes vraiment tout désigné pour porter une accusation contre un malheureux enfant! dit Fang en faisant un effort comique pour avoir l'air humain et sensible. Je trouve, monsieur, que les conditions dans lesquelles vous êtes entré en possession de ce livre sont des plus suspectes, et vous pouvez vous estimer heureux de ce que le libraire ait la bonté de ne pas porter plainte lui-même. Que ceci soit une leçon pour vous, mon bonhomme, sinon la justice saura vous retrouver. L'enfant est acquitté. Évacuez le tribunal.

— Sacrebleu! s'écria le vieux monsieur laissant éclater la colère qu'il avait contenue si longtemps. Sacrebleu! Je…

— Évacuez le tribunal! commanda le magistrat. Agents, entendez-vous? Faites évacuer le tribunal!

On exécuta cet ordre, et le vieux monsieur, indigné, fut entraîné au-dehors dans un état de fureur et de révolte indescriptible. Arrivé dans la cour, sa colère s'évanouit. Sur le pavé le petit Olivier était étendu, la chemise ouverte, et on lui baignait les tempes avec de l'eau fraîche. Il était d'une pâleur mortelle, et un frisson glacé le secouait tout entier.

— Pauvre petit! pauvre petit! dit M. Brownlow en se penchant au-dessus de lui. Vite, qu'on aille chercher une voiture, je vous prie!

Une voiture fut amenée, et quand Olivier eut été déposé doucement sur une des banquettes, le vieux monsieur monta et s'assit lui-même sur l'autre.

— Puis-je vous accompagner? demanda le bouquiniste en passant la tête par la portière.

— Certes oui, mon cher ami, dit vivement M. Brownlow. Je vous avais oublié. Mon Dieu, mon Dieu! j'ai toujours ce malheureux livre! Montez vite. Pauvre petit! Il n'y a pas de temps à perdre.

Le bouquiniste monta dans la voiture qui s'ébranla aussitôt.

Où l'on voit Olivier traité comme il ne l'a jamais été jusque-là. Le récit retourne ensuite à l'aimable vieillard et à ses jeunes compagnons

La voiture finit par s'arrêter devant une maison d'aspect soigné, dans une rue paisible bordée d'arbres des environs de Pentonville. Là, sans perdre un instant, on prépara un lit dans lequel M. Brownlow fit coucher confortablement son jeune protégé ; et celui-ci, dès lors, fut soigné avec un dévouement et une sollicitude sans bornes. Faible, maigre et blême, il s'éveilla enfin de ce qui lui semblait avoir été un long rêve tourmenté. Il se souleva sur le lit avec peine et, soutenant sa tête sur son bras tremblant, jeta autour de lui un regard anxieux.

— Où m'a-t-on amené ? dit-il. Ce n'est pas là que je dors d'habitude.

Une vieille dame, au visage maternel, à la mine austère et soignée, se leva du fauteuil où elle était installée avec son ouvrage au chevet de l'enfant.

— Chut, mon mignon ! fit-elle d'une voix douce. Il faut rester bien tranquille, sans quoi la fièvre te reprendra.

Olivier se tint donc très tranquille. Il tomba bientôt dans un léger assoupissement dont il fut tiré par la lumière d'une bougie qu'on approchait du lit. Il vit alors un monsieur qui tenait à la main une grosse montre d'or au bruyant tic-tac et qui déclara, après lui avoir tâté le pouls, que son malade allait beaucoup mieux. La vieille dame eut un hochement de tête respectueux, qui semblait dire qu'à son avis le docteur était un praticien remarquable. Le docteur paraissait partager pleinement cette opinion.

– Tu as sommeil, n'est-ce pas, mon petit ? dit le docteur.

– Non, monsieur, répondit Olivier.

– Non, dit le docteur avec un regard fin et satisfait, c'est évident. Tu n'as pas sommeil, et tu n'as pas soif non plus ?

– Si, monsieur, j'ai assez soif, répondit Olivier.

– C'est bien ce que je supposais, madame Bedwin, dit le docteur. Vous pouvez lui donner un peu de thé et une rôtie non beurrée. Ne le tenez pas trop au chaud, madame Bedwin ; mais ayez soin également qu'il ne prenne pas froid, je vous prie.

La vieille dame fit une révérence. Le docteur se retira d'un air pressé et descendit l'escalier en faisant craquer ses bottes comme le font les gens importants et cossus.

Au bout de trois jours, Olivier fut capable de s'asseoir dans une bergère, soutenu par des oreillers. Comme il était encore trop faible pour marcher, on le transporta au rez-de-chaussée. Après l'avoir installé auprès du feu, la bonne Mme Bedwin s'assit elle-même.

— Le docteur a permis à M. Brownlow de venir te voir ce matin, et il faut que nous soyons aussi bien que possible, parce que plus nous aurons bonne mine et plus il sera content. Tu aimes les tableaux, mon petit? demanda-t-elle en voyant qu'Olivier considérait avec beaucoup d'attention un portrait pendu à la muraille qui lui faisait face.

— Je ne sais pas, madame, dit Olivier sans détacher ses yeux de la toile. Je n'en ai pas vu souvent. Comme le visage de cette dame est doux et joli! Mais les yeux sont si tristes, et, là où je suis, on dirait qu'ils me regardent. Cela me fait battre le cœur, ajouta Olivier à voix basse; c'est comme si la dame était vivante et voulait me dire quelque chose, mais ne pouvait pas.

— Bonté divine! s'exclama la vieille dame en tressaillant; ne parle pas comme cela, petit. Ta maladie t'a rendu tout faible et tout nerveux. Laisse-moi tourner ton fauteuil dans l'autre sens, afin de ne plus voir ce portrait. Là, dit la vieille dame en joignant le geste à la parole, de cette façon, tu ne le verras plus.

Olivier le voyait en esprit aussi nettement que s'il n'avait pas changé de place; mais il pensa qu'il ne fallait pas contrister la bonne vieille dame. Il lui souriait donc gentiment quand on entendit frapper un léger coup à la porte.

— Entrez! dit la vieille dame.

Et M. Brownlow entra. Olivier, miné par la maladie, avait l'air d'une ombre, et lorsqu'il voulut se lever, par respect pour son bienfaiteur, il retomba aussitôt sur son siège.

— Pauvre petit! dit M. Brownlow. Comment te sens-tu?

— Très heureux, répondit Olivier, et très reconnaissant de toutes vos bontés.

— Brave petit! dit M. Brownlow.

Mais l'idée d'une ressemblance existant entre les traits de l'enfant et ceux d'un visage familier le saisit de nouveau avec une telle force qu'il ne pouvait détacher de lui son regard.

— Mon Dieu! quelle chose étrange! Bedwin, regardez un peu!

Tout en parlant, il montrait du doigt tour à tour le portrait suspendu au-dessus d'Olivier et l'enfant lui-même. L'un était la vivante reproduction de l'autre: même forme de visage, même bouche, mêmes yeux, mêmes traits. Olivier ne sut pas la cause de cette exclamation soudaine, car, n'étant pas assez fort pour supporter l'émotion qu'elle lui causa, il s'évanouit.

Nous profiterons de cette faiblesse pour ne pas laisser le lecteur plus longtemps en suspens au sujet des deux jeunes disciples de l'aimable vieillard. Ce fut seulement après avoir suivi au galop un dédale de rues et de venelles que les deux gamins osèrent s'arrêter sous l'abri obscur d'un passage voûté.

– Que va dire Fagin ? demanda le Renard.

– Que va dire Fagin ? répéta Charley Bates.

Quelques minutes plus tard, le bruit de leurs pas dans l'escalier vermoulu attirait l'attention de l'aimable vieillard…

Où l'on présente quelques nouveaux personnages qui seront mêlés à diverses circonstances pleines d'intérêt relatées dans cette histoire

– Où est Olivier ? dit le Juif avec fureur en se levant d'un air menaçant. Qu'est-il arrivé au petit ? dit-il saisissant le Renard par le col et proférant d'horribles imprécations. Parle, ou je t'étrangle !

– Eh bien ! les flics l'ont pris, et voilà tout ce que j'en sais, dit le Renard d'un air revêche. Dis donc, tu vas me lâcher, hein !

D'une brusque secousse, il se dégagea de son habit qu'il abandonna entre les mains de Fagin.

– Que diable se passe-t-il ici ? gronda une voix profonde. Entre un peu, sale vermine ! Pourquoi restes-tu dehors comme si tu étais honteux de ton maître ?

L'homme qui grommelait ces mots était un individu solidement bâti, âgé d'environ trente-cinq ans, vêtu d'une veste en velours côtelé noir, d'une culotte de drap brun en mauvais état, de brodequins à lacets et de bas de coton gris qui recouvraient des jambes massives aux mollets énormes – le genre de jambes auxquelles il semble toujours manquer quelque chose quand elles ne sont pas complétées par une chaîne.

– Entreras-tu à la fin ? gronda ce sympathique personnage.

Un chien blanc, au poil embroussaillé, au museau couvert d'écorchures, entra en rampant dans la pièce.

– Qu'est-ce que tu fabriquais ? Encore en train de maltraiter les gosses, sans doute, vieux grippe-sous de receleur ? dit l'homme en s'asseyant d'un air résolu. Je m'étonne qu'ils ne t'aient pas encore descendu. C'est ce que j'aurais fait depuis longtemps à leur place.

– Chut ! monsieur Sikes, fit le Juif tout tremblant, ne parlez pas si fort !

– Assez de « monsieur » ! répliqua le bandit. Quand tu es si poli, c'est que tu mijotes quelque chose.

Puis, en cet argot choisi dont toute sa conversation était généreusement pimentée, mais qui, rapporté ici, serait parfaitement inintelligible, il réclama un verre d'eau-de-vie. Après avoir avalé deux ou trois verres d'alcool, M. Sikes daigna s'apercevoir de la présence des jeunes gens, et cette aimable condescendance amena une conversation générale où la cause et les circonstances de la capture d'Olivier furent relatées en détail avec les changements et enjolivements que le Renard crut à propos d'y apporter.

— Je crains qu'il ne parle et ne nous mette dans l'embarras, dit le Juif.

— C'est assez probable en effet, répliqua Sikes.

Il y eut un long silence ; chaque membre de cette estimable bande paraissait plongé dans ses réflexions, sans en excepter le chien qui semblait méditer une attaque contre les jambes de la première personne, homme ou femme, qu'il rencontrerait en sortant.

— Il faut que quelqu'un s'informe de ce qui s'est passé au bureau de police, dit M. Sikes.

Fagin inclina la tête en signe d'assentiment.

— S'il n'a pas déjà vendu la mèche et qu'il soit sous les verrous, aucune crainte à avoir jusqu'à ce qu'il soit relâché, dit M. Sikes. Mais alors, il faudra remettre la main dessus d'une façon ou d'une autre.

Fagin fit un nouveau signe de tête approbateur.

La sagesse d'un tel plan sautait à tous les yeux. Il y avait malheureusement une forte objection à ce que ce plan fût adopté : c'était que le Renard et Charley Bates, Fagin et M. Bill Sikes ressentaient tous et chacun une violente et profonde répugnance à l'idée d'approcher d'un bureau de police sous quelque prétexte que ce fût. Il est difficile de dire combien de temps ils seraient restés à se regarder dans un état de pénible indécision. L'entrée soudaine des deux jeunes personnes qu'Olivier avait vues précédemment fit repartir la conversation.

– Voilà notre affaire, dit le Juif; Betsey ira, n'est-ce pas, ma belle?

– Où ça? demanda la jeune personne.

– Au bureau de police, tout simplement, ma chère, dit le Juif d'un ton insinuant.

Il faut dire, pour rendre justice à cette jeune demoiselle, qu'elle n'affirma pas positivement qu'elle n'irait pas, mais déclara seulement avec emphase qu'elle voulait bien être pendue si elle y allait. La figure de Fagin s'allongea. Il se détourna de la jeune personne et s'adressa à sa compagne.

– Nancy, ma belle, dit le Juif d'un air enjôleur, qu'en dis-tu?

– Fagin, ce n'est pas la peine d'essayer, répondit Nancy.

– Mais quoi! tu es justement la personne qu'il faut, lui représenta M. Sikes. Personne ne te connaît dans le quartier.

– Et c'est parce que je n'ai aucune envie de m'y faire connaître, Bill, que je refuse.

– Elle ira, Fagin, dit Sikes.

Et M. Sikes avait raison. En alternant avec habileté menaces, promesses et présents, on finit par décider la jeune personne en question à se charger de la démarche projetée. Miss Nancy, en effet, n'était point arrêtée par les mêmes considérations que sa charmante compagne ; car, ayant quitté depuis peu le lointain mais élégant quartier de Ratcliffe pour s'installer à Field Lane, elle n'avait pas à craindre d'être reconnue par quelqu'une de ses nombreuses relations. Elle mit donc un tablier blanc sur sa robe, rentra ses papillotes sous un chapeau de paille (articles de toilette fournis l'un et l'autre par les inépuisables réserves du Juif) et se disposa à sortir pour remplir sa mission.

— Oh ! mon frère ! mon malheureux petit frère ! s'exclama Nancy éclatant en sanglots. Qu'en a-t-on fait ? Oh ! par pitié, messieurs, dites-moi ce qu'on a fait de ce pauvre innocent !

Ayant déclamé ces mots sur un ton déchirant, au grand amusement de l'auditoire, miss Nancy s'arrêta, cligna de l'œil, salua la compagnie en souriant et sortit.

— Ah ! mes enfants, voilà ce qui s'appelle une fille intelligente ! dit le Juif en se tournant vers ses jeunes pupilles avec un grave hochement de tête, comme pour les encourager à suivre le brillant exemple qu'ils venaient d'avoir sous les yeux.

Tandis qu'on se répandait ainsi en éloges sur cette personne accomplie, Nancy se dirigeait vers le bureau de police où elle arriva bientôt sans encombre. Elle se dirigea tout droit vers un agent bourru et, d'une voix pleine de sanglots, réclama son cher petit frère.

En réponse à ces questions incohérentes, l'agent l'informa qu'Olivier s'était trouvé mal dans le bureau de police, qu'il avait été acquitté grâce à la déposition d'un témoin prouvant que le larcin avait été commis par un autre gamin et que le plaignant l'avait emmené, toujours sans connaissance, à son propre domicile. Ce monsieur devait habiter quelque part dans Pentonville, car l'agent avait entendu ce nom dans l'adresse donnée au cocher ; il n'en savait pas davantage.

Torturée par la crainte et l'incertitude, la malheureuse jeune femme se dirigea en trébuchant vers la sortie, puis, sitôt la porte franchie, échangea cette allure chancelante contre un pas ferme et rapide et regagna le domicile du Juif par l'itinéraire le plus long et le plus compliqué.

M. Bill Sikes n'eut pas plus tôt entendu le compte rendu de l'expédition qu'il appela vivement le chien blanc, mit son chapeau et partit en hâte sans prendre le temps de souhaiter le bonsoir à la compagnie.

– Il faut que nous sachions où est Olivier, mes enfants, dit Fagin avec agitation. Il faut que nous le retrouvions. Ne restez pas ici une minute de plus.

Ce disant, il les poussa hors de la pièce, ferma la porte à double tour et la barra derrière eux.

Où l'on trouvera de plus amples détails sur le séjour d'Olivier chez M. Brownlow, ainsi que la remarquable prédiction faite à son sujet par un certain M. Grimwig

Olivier se remit bientôt de la défaillance que la brusque exclamation de M. Brownlow avait provoquée. Toute allusion au portrait fut soigneusement évitée par le vieux monsieur et Mme Bedwin dans la conversation qui suivit, laquelle ne traita ni du passé ni de l'avenir d'Olivier, mais roula seulement sur des sujets pouvant le distraire sans l'agiter. Il était encore trop faible pour se lever pour le premier déjeuner, mais quand il descendit le lendemain, il s'empressa de jeter un regard vers le mur dans l'espoir de revoir le visage de la jolie dame. Son attente fut déçue, car le tableau avait disparu.

Un soir, environ huit jours après l'incident du portrait, comme il causait avec Mme Bedwin, on descendit un message de M. Brownlow disant que, si Olivier se sentait assez bien, il aimerait que l'enfant vînt le trouver dans son bureau pour s'entretenir un moment avec lui.

Olivier alla frapper à la porte du bureau et, M. Brownlow lui ayant dit d'entrer, il se trouva dans une petite pièce remplie de livres située à l'arrière de la maison. M. Brownlow lisait à une table placée devant la fenêtre. Repoussant son livre, il dit au petit garçon de s'avancer près de la table et de s'asseoir.

— Mon cher petit, dit le vieux monsieur. Tu dis que tu es orphelin, et n'as personne qui s'intéresse à toi. Toutes les recherches que j'ai pu faire le confirment. Raconte-moi ton histoire, d'où tu viens, qui t'a élevé, et comment tu as fait connaissance des gens dans la compagnie desquels je t'ai trouvé. Dis-moi toute la vérité, et, tant que je vivrai, tu ne manqueras plus de protecteur.

Olivier allait se mettre à raconter comment il avait été élevé à la campagne, puis emmené à l'hospice par M. Bumble, quand un double coup de marteau particulièrement impatient retentit à la porte d'entrée, et le domestique grimpa vivement l'escalier pour annoncer M. Grimwig.

— Monte-t-il ? demanda M. Brownlow.

— Oui, monsieur. Il a demandé s'il y avait par hasard des *muffins* dans la maison, et, comme je lui ai répondu que oui, il a dit qu'il était venu pour prendre le thé.

M. Brownlow sourit et, se tournant vers Olivier, lui dit que M. Grimwig était un de ses vieux amis, et qu'il ne fallait pas s'inquiéter de ses manières brusques, car c'était au fond un très brave homme.

À ce moment, un vieux monsieur, qui boitait fortement d'une jambe, entra dans la pièce en s'appuyant sur sa canne. Les extrémités de son foulard blanc étaient enroulées de façon à former un nœud gros comme une orange. La variété de ses attitudes et de ses jeux de physionomie ne peut se décrire. Il avait une manière de pencher la tête de côté et de regarder du coin de l'œil en parlant qui vous faisait penser irrésistiblement à un perroquet. Il se figea dans cette attitude au moment de son apparition et, tendant à bout de bras un petit morceau de pelure d'orange, gronda d'une voix irritée :

– Tenez ! vous voyez ça ? N'est-ce pas un fait rare et surprenant que je ne puisse aller chez personne sans trouver sur l'escalier un morceau de pelure d'orange, humble auxiliaire du chirurgien ? Une pelure d'orange m'a estropié jadis, et je suis certain qu'une pelure d'orange causera ma mort. Oui, monsieur, une pelure d'orange causera ma mort. J'en mangerais ma tête !

C'était là l'expression par laquelle M. Grimwig avait coutume d'appuyer toutes ses déclarations, et l'effet dans sa bouche en était des plus singuliers ; car, même en admettant pour les besoins de la cause que les progrès de la science puissent jamais permettre à quelqu'un de manger sa propre tête, s'il en avait envie, celle de M. Grimwig était si volumineuse que l'homme le plus audacieux n'aurait pu nourrir l'espoir d'en venir à bout en une seule fois.

– J'en mangerais ma tête ! répéta M. Grimwig en frappant de sa canne sur le parquet. Holà ! qu'est-ce que c'est que ça ? dit-il à la vue d'Olivier en reculant d'un ou deux pas.

– C'est le jeune Olivier Twist dont nous avons parlé ensemble.

Olivier salua.

– Comment vas-tu, petit ? dit M. Grimwig.

– Beaucoup mieux, merci, monsieur, répondit Olivier.

M. Brownlow, dans la crainte sans doute que son singulier ami ne fût sur le point de dire quelque chose de désagréable, demanda au petit garçon de descendre prévenir Mme Bedwin qu'ils étaient prêts à prendre le thé, commission dont Olivier s'acquitta avec empressement, les manières du visiteur ne lui plaisant qu'à moitié.

– C'est un gentil petit homme, n'est-ce pas ? dit M. Brownlow.

– C'est possible ; je ne sais pas, dit M. Grimwig avec humeur. D'où vient-il ? Qui est-il ? Il a eu la fièvre... et puis après ? La fièvre n'est pas l'apanage des honnêtes gens, que je sache.

Le fait est que, au fond de lui-même, M. Grimwig était tout disposé à admettre que la mine et les manières d'Olivier prévenaient particulièrement en sa faveur. Mais il avait au plus haut point l'esprit de contradiction, et cet esprit de contradiction se trouvait aiguisé en l'occurrence par la découverte de la pelure d'orange. Aussi, bien décidé à ne laisser personne lui dicter ses impressions au sujet d'Olivier, avait-il résolu dès le premier instant de prendre le contre-pied de ce que dirait son ami.

Bien qu'il fût lui-même d'un caractère assez vif, M. Brownlow, connaissant l'originalité de son ami, supporta ses railleries avec bonne humeur. Comme durant le thé M. Grimwig eut la bonté de se déclarer parfaitement satisfait des *muffins*, tout alla bien, et Olivier, qui prenait part au repas, commença à se sentir plus à l'aise en présence du terrible vieux monsieur.

— Et quand allez-vous entendre le compte rendu complet, exact et détaillé de la vie et des aventures d'Olivier Twist? demanda Grimwig à M. Brownlow à la fin du repas, en jetant vers Olivier un regard de côté.

— Demain matin, répondit M. Brownlow. Je préfère l'entretenir seul à seul. Mon petit, tu viendras me trouver demain matin à dix heures.

— Oui, monsieur, répondit Olivier d'un ton mal assuré, car il était tout déconcerté de voir M. Grimwig le regarder si fixement.

— Je vais vous dire, chuchota ce dernier à M. Brownlow, il ne viendra pas vous trouver demain matin: je l'ai vu hésiter. Il vous berne, mon bon ami.

– Je répondrais sur ma vie de la sincérité de cet enfant, dit M. Brownlow en frappant sur la table.

– Et moi de sa rouerie sur ma tête, riposta M. Grimwig en frappant aussi sur la table.

Le destin voulut que Mme Bedwin entrât à cet instant, apportant un petit paquet de livres que M. Brownlow avait achetés le matin même au bouquiniste qui a déjà figuré dans cette histoire. Elle déposa les livres sur la table et gagna la porte.

– Dites au commissionnaire d'attendre, madame Bedwin, dit M. Brownlow. Il y a une réponse.

– Il est déjà parti, monsieur, répondit Mme Bedwin.

– Rappelez-le, dit M. Brownlow, c'est important. Cet homme n'est pas riche, et les livres ne sont pas payés. Il y a aussi d'autres volumes à rendre.

– Envoyez-les par Olivier, dit M. Grimwig avec un sourire ironique ; vous pouvez être sûr qu'il fera bien la commission.

– Oh ! oui, monsieur ; permettez-moi de les reporter, dit Olivier. Je ferai le trajet en courant.

M. Brownlow pensa que, en voyant l'enfant s'acquitter promptement de la commission, son vieil ami serait obligé de reconnaître l'injustice de ses soupçons.

– Tu peux y aller, mon petit, dit-il. Les livres sont sur une chaise près de mon bureau. Va les chercher.

Olivier, enchanté de se rendre utile, revint d'un air

affairé avec les livres sous son bras, puis, la casquette à la main, attendit le message qu'il devait transmettre.

— Tu diras, dit M. Brownlow en fixant sur Grimwig un regard ferme, que tu viens lui rapporter ces volumes et lui payer les quatre livres dix shillings que je lui dois. Voici un billet de cinq livres ; tu auras dix shillings de monnaie à me rapporter.

— Je ne mettrai pas dix minutes, monsieur, répondit Olivier.

Il glissa le billet dans la poche de côté de sa jaquette qu'il boutonna, plaça les livres soigneusement sous son bras, salua respectueusement et sortit de la pièce.

— Voyons, il sera de retour dans vingt minutes au plus, dit M. Brownlow en tirant sa montre qu'il plaça sur la table. La nuit commencera à tomber.

— Oh ! vous attendez-vous vraiment à ce qu'il revienne ? demanda M. Grimwig. L'enfant a un complet neuf sur le dos, des livres de valeur sous le bras et un billet de cinq livres dans la poche. Il rejoindra ses vieux amis les voleurs, et se moquera de vous. Si jamais cet enfant remet les pieds ici, monsieur, j'en mangerai ma tête.

Sur ces mots, il tira sa chaise plus près de la table et, de chaque côté de la montre, les deux amis attendirent en silence.

Où l'on verra combien l'aimable vieillard et miss Nancy chérissaient Olivier

Dans la salle obscure d'un misérable cabaret situé dans la partie la plus ignoble du petit Saffron Hill – sombre et morne caverne où la flamme d'un bec de gaz tremblotait tout le jour en hiver, et où nul rayon de soleil ne pénétrait en été – un homme était assis, l'air absorbé, devant une chope d'étain et un petit verre. Dans cet individu, vêtu d'une veste de velours, d'une culotte courte de gros drap et chaussé de bas et de brodequins, qui exhalait une forte odeur d'eau-de-vie, aucun policier exercé, même avec cette pauvre lumière, n'aurait hésité à reconnaître M. William Sikes. À ses pieds était couché un chien blanc aux yeux rouges, qui, tour à tour, regardait son maître en clignant des paupières et se léchait au coin du museau une grande estafilade toute fraîche, souvenir de quelque récente bataille.

– La paix, sale vermine, la paix! fit M. Sikes rompant brusquement le silence.

Peut-être l'irritation causée par ses réflexions exigeait-elle le dérivatif qui consiste en pareil cas à frapper un innocent animal. Quelle que fût la cause, l'effet se manifesta sous la forme d'un coup de pied et d'une imprécation adressés simultanément à la bête.

En général, les chiens ne sont pas portés à se venger de leurs maîtres; mais celui de M. Sikes, qui avait le caractère aussi mal fait que son propriétaire et qui ressentait peut-être en cet instant l'injustice du procédé, ne fit ni une ni deux et planta ses crocs dans un des brodequins. Après l'avoir secoué violemment, il alla se réfugier en grondant sous un banc, grâce à quoi il évita le pot d'étain que M. Sikes lui lançait à la tête.

Cette résistance ne fit qu'exaspérer M. Sikes qui se mit à genoux par terre et attaqua l'animal avec fureur. Le chien sautait de droite à gauche et de gauche à droite, jappait, grondait, aboyait; l'homme jurait, frappait, blasphémait, et la lutte semblait toucher un point critique pour l'un ou l'autre des adversaires, lorsque la porte s'étant ouverte soudain, le chien s'enfuit au-dehors. Le chien lui faisant faux bond, M. Sikes transféra sa fureur sur le nouveau venu.

– Oh! Fagin, que n'étais-tu mon chien il y a une demi-minute!

– Pourquoi? demanda le Juif avec un sourire forcé.

– Parce que le gouvernement protège la vie d'individus de ton espèce qui n'ont pas moitié autant de courage qu'un simple cabot, mais permet à un homme de tuer son chien si ça lui chante, répondit Sikes. Voilà la raison. Alors, qu'as-tu à me dire?

– Que tout s'est bien terminé, répondit Fagin; et voici ta part. Elle est plus forte que de raison, mon cher ; mais comme je sais qu'à l'occasion tu me revaudras ça…

Tout en parlant, il tira de l'intérieur de sa chemise un vieux mouchoir de coton, défit un gros nœud à l'un des coins et laissa voir un petit paquet enveloppé de papier gris. Sikes le lui arracha des mains, l'ouvrit aussitôt et se mit à compter les souverains qu'il contenait.

– Dis donc, tu n'as pas ouvert le paquet en route et raflé une ou deux pièces ? demanda Sikes d'un ton soupçonneux. Ne prends pas cet air offensé ; cela t'est arrivé plus d'une fois. Agite le grelot.

Cette locution signifiait en langage courant « tirez la sonnette ». Ce fut un autre Juif qui répondit à l'appel. Bill Sikes se contenta de montrer du geste le pot vide.

– Y a-t-il quelqu'un ici, Barney ? demanda Fagin.

– Bas une âme, répondit Barney dont les paroles, qu'elles vinssent ou non du cœur, sortaient toujours par le nez. Bersonne à bart miss Dancy.

– Dis-lui de venir ici, dit Sikes.

Barney sortit, puis reparut aussitôt pour introduire Nancy. Dix minutes plus tard environ, Nancy mit son châle sur ses épaules et déclara qu'il était temps pour elle de partir. M. Sikes annonça son intention de l'accompagner. Ils s'en allèrent ensemble, suivis à distance par le chien qui était sorti furtivement d'une cour dès que son maître avait été hors de vue.

Fagin passa la porte et suivit Sikes du regard tandis qu'il s'éloignait dans le corridor obscur. Il brandit son poing crispé, marmotta une malédiction, puis, avec un affreux ricanement, revint s'asseoir devant la table et se plongea dans la lecture d'un journal.

Pendant ce temps, Olivier Twist, n'ayant aucune idée qu'il se trouvait si près de l'aimable vieillard, se rendait chez le libraire. Il songeait en marchant combien il avait sujet d'être heureux. Il fut brusquement tiré de ses pensées par une voix de femme qui s'écriait très haut: «Mon frère! mon cher petit frère!», et il n'avait pas eu le temps de lever les yeux qu'il fut immobilisé sur place par deux bras qui se nouaient autour de son cou.

– Que diable se passe-t-il? dit un homme qui sortait d'un débit de boissons, un chien blanc sur les talons. Ah! c'est le jeune Olivier!

– Je n'appartiens pas à ces gens-là! je ne les connais pas! Au secours! criait Olivier.

– Au secours? répéta l'homme. Eh bien! c'est moi qui viens à ton secours, petit fripon. Qu'est-ce que c'est que ces bouquins? Tu les as volés, hein? Vite, donne-moi ça.

Tout en parlant, l'homme lui arracha les livres des mains et le frappa sur la tête. L'instant d'après, Olivier était entraîné dans un labyrinthe de ruelles obscures, à une allure qui rendait parfaitement inintelligibles les quelques appels qu'il osait pousser. Peu importait d'ailleurs qu'ils le fussent ou non, puisqu'il n'y avait là personne pour y prêter attention.

Ce que devint Olivier Twist après qu'il eut été revendiqué par Nancy

Ils marchèrent une bonne demi-heure à travers des rues sales et peu fréquentées. À la fin, ils s'engagèrent dans une ruelle immonde, bordée de boutiques de fripiers. Le chien courut en avant, comme s'il comprenait qu'il n'avait plus à se tenir sur ses gardes, et s'arrêta devant la porte d'une boutique fermée qui semblait inoccupée.

— On peut y aller, dit Sikes après avoir bien regardé autour de lui.

Un léger bruit se fit entendre, et, peu après, la porte s'ouvrit doucement. Sans aucune cérémonie, M. Sikes saisit par le col l'enfant terrifié, et tous trois entrèrent dans la maison. Le corridor était parfaitement obscur. Ils attendirent que la personne qui leur avait ouvert eût remis la barre et la chaîne.

Des pas s'éloignèrent, puis, peu après, reparut M. Jack Dawkins, autrement dit l'Astucieux Renard, tenant dans sa main droite une chandelle de suif plantée dans un bâton fendu. Ce jeune homme ne s'attarda pas à renouer connaissance avec Olivier autrement qu'en lui adressant une grimace, puis, tournant le dos, pria ses visiteurs de descendre l'escalier à sa suite. Ils traversèrent une cuisine vide, ouvrirent une porte donnant sur une petite salle basse qui sentait la cave et furent accueillis par un immense éclat de rire.

— Oh! mes aïeux! s'écria Charley Bates des poumons duquel sortait ce rire. Le voilà! en chair et en os! Oh! regarde-le, Fagin!

— Enchanté de te voir si bonne mine, mon ami, dit le Juif en s'inclinant très bas d'un air moqueur. Le Renard te donnera un autre costume, de crainte que tu n'abîmes ce bel habit des dimanches. Pourquoi ne pas nous avoir écrit pour nous annoncer ton retour, mon petit? Nous aurions préparé une petite bombance.

À ces mots, master Bates partit d'un nouvel éclat de rire, si bruyant, que Fagin abandonna son attitude cérémonieuse, et le Renard lui-même alla jusqu'à sourire; mais comme ce dernier venait d'extraire de la poche d'Olivier le billet de cinq livres sterling, on ne peut savoir si c'était le trait d'esprit du vieillard ou cette découverte qui en était cause.

— Attends voir! Qu'est-ce que c'est? demanda Sikes en s'avançant comme le Juif s'emparait du billet. Ceci me revient. Garde les bouquins, si tu aimes la lecture, sinon, vends-les.

— Ils appartiennent au vieux gentleman, dit Olivier

en se tordant les mains, au vieux gentleman si bon et si charitable, qui m'a recueilli chez lui, qui m'a soigné quand j'avais la fièvre et que j'ai failli mourir. Je vous en prie, renvoyez-lui ses livres ; renvoyez les livres et l'argent ! Gardez-moi ici pour toujours, si vous voulez, mais je vous en prie, renvoyez-lui ses livres. Il croira que je les ai volés ; la vieille dame et tous ceux qui ont été si bons pour moi croiront que je les ai volés. Oh ! ayez pitié de moi, et renvoyez-lui ses livres !

– Le gamin a raison, observa Fagin avec un regard mystérieux en fronçant ses épais sourcils. Tu as raison, Olivier. Ils croiront que tu les as volés. Ah ! on aurait choisi le moment qu'on ne pouvait tomber mieux.

– Pour sûr, dit Sikes. C'est parfait ! Ces gens-là doivent être des chrétiens au cœur tendre, sans ça ils ne l'auraient pas pris chez eux. Et maintenant ils ne le rechercheront pas, de peur d'être obligés de porter plainte et de le faire condamner.

Olivier regardait les deux hommes tour à tour d'un air égaré comme s'il comprenait à peine ce qui se passait. Mais aux derniers mots de Bill Sikes, il sauta sur ses pieds et s'élança comme un fou hors de la pièce en poussant des appels au secours qui résonnèrent à travers la vieille maison vide de la cave jusqu'au toit.

– Retiens le chien, Bill ! s'écria Nancy en bondissant vers la porte qu'elle ferma derrière le Juif et ses deux élèves qui s'étaient précipités à la poursuite d'Olivier. Retiens ton chien; il mettrait l'enfant en pièces.

— Ce serait bien fait, dit Sikes en luttant pour se dégager de l'étreinte de la jeune fille. Lâche-moi, ou je te casse la tête contre ce mur.

Le bandit projeta la jeune fille à l'autre bout de la pièce, au moment même où le Juif et les deux gamins rentraient, traînant Olivier avec eux. M. Fagin se tourna vers Olivier.

— Ainsi, tu voulais te défiler? dit-il en prenant un bâton hérissé de nœuds qui était posé au coin de la cheminée. Tu demandais du secours; tu appelais la police?

Il asséna un vigoureux coup de bâton sur les épaules d'Olivier et relevait le gourdin pour en donner un second, lorsque la jeune fille, se précipitant vers lui, le lui arracha et le lança dans le feu.

— Je ne supporterai pas cela, Fagin, s'écria-t-elle. Tu as l'enfant, que veux-tu de plus? Laisse-lui la paix. Ah! Seigneur, que ne suis-je tombée morte dans la rue avant d'avoir prêté la main pour ramener ici cet enfant! À partir de ce soir, ce n'est plus qu'un voleur, un menteur, un fripon, ce qu'il y a de pire! Je n'étais pas moitié si vieille que cet enfant que je volais déjà pour toi. Et voilà douze ans que je continue le même métier à ton profit. Est-ce vrai, oui ou non?

– Je ferai un malheur, interrompit le Juif; je ferai un malheur pire que tout ça si tu dis un mot de plus.

La jeune fille n'ajouta rien, mais s'élança vers le Juif sur lequel elle aurait sans doute imprimé des marques visibles de sa rancune si Sikes, juste à temps, ne lui avait saisi les poignets. Sur quoi, elle fit quelques efforts infructueux pour se dégager et tomba évanouie.

– Je l'aime mieux comme ça, dit Sikes en l'étendant par terre dans un coin. Quand elle monte sur ses grands chevaux, elle a une force du diable dans les bras.

– C'est là l'inconvénient d'employer les femmes, dit le Juif en remettant le gourdin en place. Mais elles sont si adroites et si fines que nous ne pouvons guère nous passer d'elles dans notre profession. Charley, emmène Olivier se coucher.

Master Bates, apparemment enchanté de la commission, prit la chandelle et conduisit Olivier dans une cuisine adjacente où étaient étalés deux ou trois grabats.

– Retire tes belles frusques, dit Charley, que je les donne à Fagin pour qu'il les range. Ah! la bonne farce!

Le pauvre Olivier obéit à contrecœur. Master Bates roula le costume neuf sous son bras, quitta la pièce, laissant Olivier dans l'obscurité, et ferma la porte à clef.

Le destin, toujours défavorable à Olivier, conduit à Londres un personnage important qui va ternir sa réputation

À six heures du matin, M. Bumble, qui avait remplacé son tricorne par un chapeau rond et s'était enveloppé dans un grand pardessus bleu à collet, prit place sur l'impériale de la diligence pour Londres, accompagné de deux criminels dont le domicile légal prêtait à discussion. Il n'eut en route d'autre désagrément que celui offert par la méchante tenue des deux pauvres ; ceux-ci s'obstinèrent à grelotter et à se plaindre du froid d'une manière qui, déclara le bedeau, le rendit lui-même tout frileux et le fit claquer des dents malgré son grand manteau.

S'étant débarrassé pour la nuit de ces tristes individus, M. Bumble s'installa dans l'hôtellerie où s'arrêtait la diligence et fit un souper simple composé de rôti de bœuf accompagné de sauce aux huîtres et de bière forte. Puis il posa sur la cheminée un verre de grog, approcha sa chaise du feu et, tout en se livrant à des réflexions morales variées sur le défaut qu'ont tant de gens de murmurer et de se plaindre, il se disposa à lire son journal.

La première chose qui lui tomba sous les yeux fut l'avis suivant :

Récompense de cinq guinées

« Un jeune garçon du nom d'Olivier Twist a disparu dans la soirée de jeudi dernier de son domicile de Pentonville et n'a pas été revu depuis. La récompense ci-dessus mentionnée est promise à toute personne qui fournira des renseignements de nature à faire retrouver ledit Olivier Twist ou à jeter quelque lumière sur le passé de cet enfant que, pour diverses raisons, l'auteur du présent avis désire vivement connaître. »

Venaient ensuite le nom et l'adresse de M. Brownlow.

M. Bumble ouvrit de grands yeux et relut l'avis par trois fois, lentement et avec attention. Cinq minutes plus tard, il était sur la route de Pentonville.

Le bedeau fut introduit dans le petit bureau où M. Brownlow et son ami M. Grimwig étaient installés devant des verres et des carafons. Ce dernier s'exclama aussitôt :

– Un bedeau ! un bedeau de paroisse, j'en mangerais ma tête !

M. Bumble s'assit, confondu par les manières singulières de M. Grimwig. M. Brownlow avança la lampe pour voir le bedeau du haut en bas et dit avec un peu d'impatience :

– Alors, monsieur, vous venez au sujet de l'annonce que j'ai fait paraître dans le journal. Savez-vous où se trouve actuellement le pauvre enfant ?

— Pas plus que n'importe qui, répondit M. Bumble.

— Alors que savez-vous de lui ? demanda le vieux monsieur.

— Pas grand-chose de bon, sans doute ? dit M. Grimwig d'un ton caustique.

M. Bumble posa son chapeau, déboutonna son manteau, se croisa les bras, inclina la tête comme pour mieux rassembler ses souvenirs et, après quelques instants de réflexion, prit la parole.

Reproduire dans les mêmes termes le récit du bedeau qui dura bien vingt minutes d'horloge serait fastidieux. Ce récit disait en substance qu'Olivier était un enfant trouvé, né de parents vicieux ; que, depuis sa naissance, il n'avait montré qu'hypocrisie, ingratitude et méchanceté, qu'il avait terminé sa brève carrière dans la ville qui l'avait vu naître en attaquant avec lâcheté et sauvagerie un jeune garçon inoffensif et s'était enfui la nuit suivante de chez son patron. Pour prouver sa propre identité, M. Bumble étala sur la table les papiers qu'il avait emportés ; puis, se croisant les bras de nouveau, il attendit que M. Brownlow parlât.

— Je crains que tout ceci ne soit que trop vrai, dit le vieux monsieur après avoir regardé les papiers. Voilà la récompense promise pour vos renseignements, mais je vous aurais volontiers donné le triple s'ils avaient été favorables à l'enfant.

Il est assez probable que si M. Bumble avait su cela

dès le début de l'entretien, il aurait donné à sa petite histoire une couleur toute différente. Mais il était trop tard. Le bedeau inclina donc la tête d'un air grave, empocha les guinées et se retira.

M. Brownlow arpenta la pièce de long en large pendant un instant; il paraissait si troublé par le récit du bedeau que M. Grimwig lui-même s'interdit de le contrarier davantage. À la fin, il s'arrêta pour agiter violemment la sonnette.

– Madame Bedwin, dit-il quand la femme de charge parut, cet Olivier est un imposteur.

– Jamais je ne croirai cela, monsieur, répondit la vieille dame avec fermeté. Non, jamais!

– Silence! dit-il en feignant un courroux qu'il était loin d'éprouver. Qu'on ne prononce plus devant moi le nom de cet enfant. C'est pour vous le dire que j'ai sonné. Plus jamais, jamais, vous entendez, et sous aucun prétexte.

Comment Olivier passait ses journées dans l'excellente société de ses honorables amis

Le lendemain matin, le Renard et master Bates étant sortis pour vaquer à leurs occupations coutumières, M. Fagin profita de l'occasion pour faire à Olivier un long sermon sur le noir péché d'ingratitude dont le petit garçon s'était rendu coupable à un point inouï en faussant volontairement compagnie à ses amis éplorés et, pis encore, en essayant de leur échapper à nouveau après que tant de peine et d'argent eurent été dépensés pour le retrouver. M. Fagin fit valoir le fait qu'il avait recueilli Olivier, qu'il avait pris soin de lui alors que l'enfant, sans cette aide opportune, serait probablement mort de faim. Il relata ensuite l'émouvante et lamentable histoire d'un jeune garçon qu'il avait secouru par bonté d'âme dans des circonstances analogues, mais qui, indigne de sa confiance et manifestant le désir de se mettre en rapport avec la police, n'avait malheureusement réussi qu'à se faire pendre un beau matin à Old Bailey[1]. M. Fagin termina par une peinture plutôt désagréable des inconvénients de la pendaison ; puis, avec beaucoup de politesse et d'amabilité, exprima le vif désir de ne jamais être obligé de soumettre Olivier à cette fâcheuse opération.

1. Prison de Londres.

Le Juif eut un hideux sourire et dit à Olivier en lui tapotant la tête que, s'il était bien sage et s'appliquait à sa besogne, tous deux pourraient devenir grands amis. Puis il prit son chapeau, s'enveloppa d'un vieux manteau rapiécé et sortit en fermant la porte à clef derrière lui.

Olivier demeura seul le reste de la journée, de même que la majeure partie des jours suivants, ne voyant personne depuis le matin jusqu'au milieu de la nuit, et passant de longues heures avec ses propres pensées. Comme celles-ci ne cessaient jamais de se reporter à ses généreux amis et à l'opinion qu'ils avaient dû se faire de lui, elles ne pouvaient être que fort tristes.

Un jour que le Renard et master Bates s'apprêtaient à passer la soirée dehors, le premier de ces jeunes gens se mit en tête d'apporter à sa toilette un soin particulier – cette faiblesse, il faut le dire pour être juste, ne lui était pas habituelle – et, dans ce but, il daigna signifier à Olivier de lui prêter immédiatement son assistance.

Olivier était trop content de se rendre utile, trop heureux de voir des visages autour de lui, si vilains fussent-ils, trop désireux aussi de se concilier ses compagnons quand il pouvait le faire honnêtement, pour objecter le moins du monde à cette proposition. Il se déclara donc prêt et, s'agenouillant par terre pendant que le Renard s'asseyait sur la table de façon à poser son pied sur le genou d'Olivier, il se livra tout entier à l'opération que M. Dawkins dénommait «vernir les croquenots», expression qui se traduit en langage usuel par: cirer les chaussures.

— Tu as été mal élevé, dit le Renard en regardant avec satisfaction les souliers qu'Olivier avait achevé de faire luire. Fagin fera quelque chose de toi, sans quoi tu serais le premier dont il ne tirerait rien. Mets-toi bien dans le ciboulot, dit-il en entendant le Juif ouvrir la porte, que si tu ne cueilles pas des toquantes et des...

La conversation en resta là pour l'instant, car le Juif était revenu en compagnie de miss Betsey et d'un personnage qu'Olivier n'avait jamais vu, mais que le Renard salua du nom de Tom Chitling.

— D'où penses-tu que vienne ce monsieur, Olivier? demanda le Juif en ricanant, pendant que les jeunes gens posaient une bouteille de liqueur sur la table.

— Je... je ne sais pas, monsieur, répondit Olivier.

— Ne t'en fais pas pour savoir d'où je viens, mon bonhomme, je parierais une couronne que tu en trouveras assez vite le chemin.

Cette boutade fit rire le Renard et Charley Bates. Après d'autres plaisanteries sur le même sujet, ils échangèrent quelques mots tout bas avec Fagin et se retirèrent.

À dater de ce jour, Olivier ne demeura que rarement seul et resta presque constamment en contact avec les autres gamins. Ceux-ci continuaient à s'exercer avec Fagin presque chaque matin à leur ancien jeu : était-ce en vue de leur propre formation ou de celle d'Olivier ? M. Fagin le savait mieux que personne. À d'autres moments, le vieillard leur faisait le récit de vols auxquels il avait pris part dans ses jeunes années, et il y mêlait des traits si amusants et si comiques qu'Olivier ne pouvait s'empêcher de rire et de montrer, en dépit de lui-même, que ces histoires le divertissaient.

Bref, le rusé vieillard tenait l'enfant dans ses filets. Il avait préparé son esprit, par la solitude et l'ennui, à préférer n'importe quelle société à la seule compagnie de ses tristes pensées dans un lieu si lugubre, et il s'employait à présent à distiller lentement dans son âme le poison qui, espérait-il, la noircirait à tout jamais.

Dans lequel on discute un plan remarquable qui est finalement adopté

Par une nuit pluvieuse où soufflait un vent glacé, le Juif sortit de son repaire en boutonnant étroitement son grand manteau autour de son corps ratatiné et en relevant son col jusqu'aux oreilles pour cacher le bas de sa figure. La maison où l'on avait amené Olivier était dans le voisinage de Whitechapel. Le Juif fit une pause d'une seconde au coin de la rue, jeta autour de lui un regard méfiant, puis traversa la chaussée pour se diriger vers Spitalfields. Il enfila rapidement un certain nombre de rues et de passages et finit par s'engager dans une allée qu'éclairait un seul réverbère placé à l'autre bout. Il frappa à la porte d'une maison, échangea quelques chuchotements avec la personne qui vint lui ouvrir et monta l'escalier. Comme il touchait le bouton d'une porte, un chien gronda et une voix d'homme demanda :

— Qui est là ?

— Ce n'est que moi, Bill ; rien que moi, mon cher, dit le Juif en jetant un regard à l'intérieur.

— Amène-toi alors, dit Sikes. Et toi, va coucher, bête stupide ! Tu ne reconnais donc pas le diable quand il a un pardessus sur le dos ?

— Eh bien ! mon ami…, commença le Juif. Tiens ! bonsoir, Nancy.

— De quoi s'agit-il ? demanda Sikes.

— Pour ce qui est de cette cambuse à Chertsey, quand cela va-t-il se faire, Bill ? Une si belle argenterie !

— La maison est barricadée comme une prison, la nuit ; mais il y a un endroit où l'on peut faire une brèche sans attirer l'attention. Il ne nous faut qu'un vilebrequin et un gosse. Nous avons le premier ; à vous de nous trouver le second. J'ai besoin d'un gosse, et d'un gosse pas gros.

— Fagin, dit Nancy avec un petit rire, parle-lui donc d'Olivier.

— Ah ! Tu es la fille la plus intelligente que j'aie jamais vue, dit le Juif en lui tapotant le cou. C'est le garçon qu'il te faut, mon cher, murmura le vieillard de sa voix rauque.

— Lui ! s'exclama Sikes.

— Prends-le, Bill ! dit Nancy. Il n'est pas aussi déluré que les autres, mais cela ne fait rien, s'il s'agit seulement de vous ouvrir une porte. Crois-moi, Bill, il fera l'affaire.

— J'en suis sûr, répondit Fagin. Il a été bien dressé ces dernières semaines, et le temps est venu pour lui de travailler pour gagner son pain. D'ailleurs, les autres sont trop gros.

— C'est vrai qu'il est juste de la taille voulue, fit M. Sikes d'un air songeur.

— Et il fera ce que tu voudras, Bill, mon ami, interrompit le Juif. Il ne regimbera pas... pourvu, bien entendu, que tu lui fasses un peu peur.

— Un peu peur ? répéta Sikes ; je te réponds que je lui ficherai la frousse pour de bon. Et s'il fait mine de broncher quand nous serons au travail, je ne ferai ni une ni deux, et tu ne le reverras pas vivant, Fagin. Penses-y avant de me l'envoyer.

— J'ai pensé à tout cela, dit le Juif d'un ton décidé. Qu'on lui fasse sentir une fois qu'il fait partie de la bande, qu'il se rende compte qu'il a volé, et il nous appartient à jamais.

— À quand le coup ? demanda Nancy.

— Après-demain, répondit Sikes d'un ton bourru. T'occupe pas des détails. Tu feras mieux de m'amener le gamin ici, demain soir. On se mettra en route au lever du jour.

Après une discussion à laquelle tous trois prirent une part active, il fut décidé que Nancy se rendrait chez le Juif le lendemain, une fois la nuit tombée, et emmènerait Olivier.

Où l'on voit Olivier conduit chez M. William Sikes

Quand Olivier se réveilla le lendemain matin, le Juif lui annonça qu'il serait conduit le soir même à la demeure de Bill Sikes. Fagin demeura morose et silencieux jusqu'au soir, et, la nuit venue, se prépara à sortir.

— Prends garde, Olivier ! dit le vieillard en secouant sa main droite en un geste d'avertissement. C'est un homme brutal, et dès qu'on l'irrite, il voit rouge. Quoi qu'il advienne, ne dis rien, et fais ce qu'il te commande. N'oublie pas cela !

Dès que le vieillard eut disparu, Olivier posa sa tête

sur sa main et réfléchit, le cœur battant, à ce qu'il venait d'entendre. Plus il pensait à l'avertissement du Juif et moins il en devinait la signification. Il demeura perdu quelques minutes dans ses pensées lorsqu'un bruit léger le fit tressaillir. Olivier éleva la chandelle au-dessus de sa tête et regarda vers la porte. C'était Nancy.

– Je viens de la part de Bill. Il faut que je t'emmène.

– Pour quoi faire ? demanda Olivier avec un mouvement de recul.

– Pour quoi faire ? répéta Nancy en levant les yeux, puis les détournant dès qu'ils rencontrèrent le visage de l'enfant. Oh ! rien de mal.

Se rendant compte qu'il avait le pouvoir de toucher ce qu'il y avait de meilleur chez cette fille, Olivier se demanda s'il n'allait pas faire appel à sa pitié.

– Chut ! dit-elle en se penchant vers lui. J'ai fait pour toi tout ce que je pouvais, sans arriver à rien. On t'épie de tous côtés. J'ai promis que tu serais sage et que tu ne dirais rien. Si tu me fais mentir, tu t'attireras de la misère, et à moi aussi, et cela me coûtera peut-être la vie. Regarde ! J'ai déjà subi tout cela pour toi, aussi vrai que Dieu me voit en ce moment !

D'un geste rapide elle montra quelques meurtrissures livides sur son cou et ses bras et continua fiévreusement :

— Souviens-toi de cela et ne me fais pas risquer d'autres coups pour l'instant. Si je pouvais t'aider, je le ferais ; mais cela m'est impossible. Quoi qu'on te fasse faire, il n'y aura pas de ta faute. Vite, donne-moi la main.

Elle attrapa la main qu'Olivier plaçait machinalement dans la sienne et, soufflant la lumière, entraîna l'enfant dans l'escalier. Un cabriolet de louage attendait au-dehors. Avec autant de vivacité qu'elle en avait mis dans ses paroles, Nancy fit monter Olivier en voiture avec elle et baissa les stores. Le cocher ne demanda aucune indication et, d'un coup de fouet, fit partir son cheval à grande allure.

Olivier n'avait pas encore eu le temps de rassembler ses idées quand la voiture s'arrêta devant la maison où le Juif s'était rendu la veille.

— Ainsi, tu ramènes le môme, dit Sikes en refermant la porte quand ils furent entrés dans la chambre. S'est-il tenu tranquille ?

— Doux comme un agneau, répondit Nancy.

— Tant mieux pour sa jeune carcasse, dit Sikes en jetant à Olivier un regard sinistre. Ici, le gosse. J'ai des recommandations à te faire. Autant en finir tout de suite. Pour commencer par le commencement, connais-tu ça ? demanda-t-il en prenant un pistolet qui était sur la table.

Le bandit serra fortement le poignet d'Olivier, tandis qu'il approchait le pistolet si près de sa tempe que le canon la toucha et que, à ce contact, l'enfant ne put réprimer un sursaut.

— Eh bien! dit-il, si une fois dehors tu dis un seul mot, excepté quand je t'interrogerai, tu recevras toute cette charge dans la tête sans autre avertissement. Maintenant, il s'agit de souper et de roupiller avant de partir.

Conformément à cette requête, Nancy dressa rapidement le couvert, disparut quelques instants et revint avec un pot de bière et un plat de têtes de mouton. Le souper terminé — et l'on imagine si Olivier s'était senti en appétit —, M. Sikes expédia deux verres d'eau-de-vie et se jeta sur son lit en commandant à Nancy, avec force menaces, de ne pas manquer de le réveiller à cinq heures exactement. Sur son ordre également, Olivier s'étendit tout habillé sur un matelas par terre, et Nancy, après avoir arrangé le feu, s'assit devant la cheminée pour être prête à les réveiller à l'heure indiquée.

Épuisé par sa longue veillée et par l'inquiétude, Olivier finit par s'endormir profondément. Quand il s'éveilla, le jour n'était pas encore levé; la chandelle brûlait toujours, et l'obscurité régnait au-dehors. La pluie battait les carreaux, et le ciel sombre était rempli de nuages.

Sans presque le regarder, Nancy lança à l'enfant un foulard qu'il se noua autour du cou, et Sikes lui donna une grande pèlerine d'étoffe grossière pour se couvrir les épaules. Ainsi équipé, il donna la main au bandit. Celui-ci commença par lui montrer d'un geste menaçant que le pistolet était dans la poche de côté de son paletot; après quoi, serrant étroitement la petite main d'Olivier dans la sienne, il échangea un adieu avec Nancy et entraîna l'enfant au-dehors.

L'expédition

Une aube lugubre les accueillit dans la rue. La pluie et le vent faisaient rage, et d'épais nuages de tempête couvraient le ciel. Personne encore ne bougeait dans ce quartier de la ville; les fenêtres étaient toutes closes, et les rues que suivaient Sikes et Olivier étaient vides et silencieuses.

Le temps de gagner la route de Bethnal Green et le jour parut pour de bon. Déjà nombre de réverbères étaient éteints et quelques chariots venant de la campagne se dirigeaient lentement vers la ville. Le bruit et l'animation augmentèrent à l'approche de la Cité pour devenir un véritable grondement dans les rues situées entre Shoreditch et Smithfield. Il faisait maintenant grand jour, aussi grand jour, du moins, qu'il était possible par un temps pareil, et la moitié de la population de Londres avait commencé son labeur matinal.

C'était jour de foire. Le sol était couvert d'une boue fangeuse dans laquelle on enfonçait presque jusqu'à la cheville, et l'épaisse vapeur se dégageant du bétail fumant rejoignait le brouillard suspendu au-dessus des toits. Des bœufs et d'autres bestiaux attachés à des poteaux s'alignaient en immenses files sur trois ou quatre rangs le long du ruisseau. Paysans, bouchers, bouviers, marchands ambulants, gamins, voleurs, flâneurs, vagabonds de toute espèce se confondaient en une foule compacte. M. Sikes, traînant Olivier à sa suite, se fraya un chemin à travers la partie la plus dense de la foule, sans accorder la moindre attention aux spectacles et aux bruits divers qui surprenaient fort son jeune compagnon.

– Il est bientôt sept heures. Tâche d'allonger le pas. Tu ne vas pas commencer à te faire traîner, petit fainéant !

Pressant son allure, Olivier adopta une sorte de trot tenant le milieu entre la marche accélérée et la course, et suivit du mieux qu'il put les grandes enjambées du bandit. Ils allèrent de ce train jusqu'à Hyde Park Corner, et ils se dirigeaient vers Kensington lorsque Sikes ralentit le pas pour attendre une charrette vide qui arrivait derrière eux. Ayant vu le nom de *Hounslow* écrit sur la voiture, Sikes, avec toute la politesse dont il était capable, demanda au conducteur s'il voudrait bien les prendre dans sa voiture jusqu'à Isleworth.

Tandis que les bornes milliaires défilaient devant eux, Olivier, de plus en plus intrigué, se demandait jusqu'où son compagnon se proposait de l'emmener. Les localités de Kensington, Hammersmith, Chiswick, Kew Bridge, Brentford furent successivement dépassées. Cependant ils allaient toujours, comme si leur voyage ne faisait que commencer. Ils arrivèrent enfin devant un cabaret, à l'enseigne du *Grand Carrosse*, au-delà duquel on apercevait un carrefour, et la charrette s'arrêta.

Sikes descendit précipitamment sans lâcher la main d'Olivier. Ayant déposé son compagnon à terre, il lui décocha un regard menaçant et frappa d'une manière significative sur sa poche de côté. Il attendit que la voiture se fût suffisamment éloignée, puis se remit en marche une fois de plus.

Ils prirent une route bordée par de vastes jardins et d'élégantes villas et la suivirent sans s'arrêter, jusqu'au moment où ils arrivèrent à une ville. Là, sur le mur d'une maison, Olivier vit inscrit en grandes lettres le nom de «Hampton». Ils entrèrent dans une vieille auberge à l'enseigne effacée, et Sikes demanda qu'on leur servît à souper près du feu de la cuisine. Ils soupèrent d'un plat de viande froide, puis M. Sikes s'offrit le plaisir de fumer trois ou quatre pipes. Las d'avoir tant marché et de s'être levé de si grand matin, Olivier commença par somnoler, puis, vaincu par la fatigue et la fumée de tabac, il s'endormit tout à fait.

Il faisait complètement nuit quand Sikes le réveilla d'un coup de coude. Se redressant, Olivier regarda autour de lui et trouva son honorable compagnon en grande conversation avec un villageois. Ils vidaient ensemble une pinte d'ale et paraissaient dans les meilleurs termes.

— Alors, vous dites que vous allez jusqu'à Halliford ? demandait Sikes.

— Oui, répondit l'homme qui avait l'air un peu gris ; et en vitesse, encore ! Vous allez à Halliford ?

— À Shepperton, répondit Sikes.

— Alors, je vous mène aussi loin que Halliford, promit l'autre.

Le cheval était déjà devant la porte, attelé à la charrette. Sikes et Olivier montèrent en voiture sans plus de cérémonie. L'horloge sonnait sept heures au moment où ils passaient devant l'église de Sunbury. Le village traversé, ils retrouvèrent de nouveau la route déserte. Encore deux ou trois milles, et la charrette s'arrêta. Sikes descendit, prit Olivier par la main et poursuivit son chemin avec lui.

Ils ne s'arrêtèrent point à Shepperton, comme l'enfant épuisé de fatigue l'avait espéré, mais continuèrent à marcher dans la boue et l'obscurité en suivant des sentiers sombres et en traversant des plaines glacées jusqu'au moment où ils arrivèrent en vue des lumières d'une ville située à peu de distance. En fouillant l'ombre du regard, Olivier distingua devant eux une étendue d'eau et vit qu'ils approchaient d'un pont.

« L'eau!.. pensa Olivier saisi d'épouvante. Il m'a amené dans cet endroit désert pour me noyer!» Il allait se jeter sur le sol et tenter un suprême effort pour sauver sa jeune existence quand il s'aperçut qu'ils arrivaient devant une maison solitaire et délabrée.

Sans lâcher la main d'Olivier, Sikes s'approcha de la porte basse et souleva le loquet. La porte s'ouvrit, et ils entrèrent tous deux.

Un coup manqué

L'on vit apparaître d'abord une misérable chandelle, puis l'individu à l'accent nasal que nous avons déjà présenté dans ses fonctions de garçon de café à la taverne de Saffron Hill.

— Bonsieur Sikes! s'exclama Barney avec une joie réelle ou simulée. Endrez, bonsieur; endrez, bonsieur.

Tout en pestant tout bas contre sa lenteur, Sikes poussa Olivier en avant, et tous pénétrèrent dans une pièce basse, sombre et enfumée. Le mobilier se composait de deux ou trois chaises boiteuses et d'un très vieux canapé sur lequel un homme étendu de tout son long, les jambes plus hautes que la tête, fumait une longue pipe en terre. M. Toby Crackit n'avait qu'une quantité modérée de cheveux sur la tête, et le peu qu'il possédait était de nuance roussâtre et se tirebouchonnait en boucles dans lesquelles il enfonçait des doigts malpropres garnis de grosses bagues vulgaires. De taille un peu au-dessus de la moyenne, il paraissait avoir les jambes légèrement torses ; mais cette circonstance ne diminuait en rien l'admiration que lui inspiraient ses bottes à revers et c'est avec une vive satisfaction qu'il les contemplait dans la position élevée qu'elles occupaient présentement.

— Bill, mon vieux, dit-il en tournant la tête vers la porte, je suis enchanté de te voir. Je commençais à craindre que tu n'aies tout lâché. Tiens donc... Qui c'est ça ?

— Le gosse, rien que le gosse, répondit Sikes.

— L'un tes cheunes chens de bonsieur Fagid, s'exclama Barney en grimaçant un sourire.

Tous se mirent activement à faire des préparatifs variés. Sikes et son camarade s'enveloppèrent le cou et le menton dans de vastes cache-nez sombres, tandis que Barney tirait d'un placard divers objets qu'il enfouissait dans les poches des autres.

— Les « aboyeurs », Barney ! dit Toby Crackit.

— Les voilà, répliqua Barney, apportant une paire de pistolets. Du les as charchés toi-même.

— Les clefs, les vilebrequins, les lanternes sourdes, rien d'oublié ? demanda Toby en attachant une petite pince-monseigneur à une boucle fixée à l'intérieur des basques de son habit.

— Tout est paré, répliqua son compagnon.

Ce disant, il prit un solide gourdin des mains de Barney qui, après en avoir remis un autre à Toby, s'occupa d'attacher la pèlerine d'Olivier.

— Maintenant, en route ! dit Sikes en tendant la main à Olivier. Prends-lui l'autre main, Toby. Toi, Barney, jette un coup d'œil dehors.

L'homme alla jusqu'à la porte et revint annoncer que tout était tranquille. Les deux voleurs sortirent avec Olivier entre eux. Les ténèbres maintenant étaient complètes. Pressant le pas, ils prirent un chemin sur la gauche. Après avoir marché cinq bonnes minutes, ils s'arrêtèrent devant une habitation isolée.

Ce fut alors pour la première fois qu'Olivier, presque fou de douleur et d'effroi, se rendit compte que l'effraction, le vol, sinon le meurtre, étaient les buts de l'expédition. Un nuage passa devant ses yeux, une sueur froide mouilla son visage, et, ses jambes se dérobant sous lui, il tomba sur les genoux.

— Oh ! pour l'amour de Dieu, laissez-moi m'en aller ! gémit Olivier. Laissez-moi m'enfuir et mourir dans les champs. Oh ! je vous en prie, ne m'obligez pas à voler !

L'homme à qui cet appel était adressé proféra un horrible juron, et son pistolet était déjà armé lorsque Toby le lui arracha, plaça sa main sur la bouche de l'enfant et le traîna jusqu'à la maison.

— Chut! fit-il. Ces simagrées ne servent à rien. Un mot de plus, et je t'assomme moi-même d'un coup de gourdin. Ça ne fait pas de bruit, c'est aussi sûr et c'est plus propre. Eh! Bill, fais sauter le volet. Il va se tenir tranquille, j'en réponds.

Tout en chargeant Fagin de malédictions pour avoir eu l'idée d'envoyer Olivier dans une telle expédition, Sikes manœuvrait sa pince vigoureusement, mais sans bruit. Bientôt le volet céda et tourna sur ses gonds, découvrant une étroite fenêtre à petits carreaux. L'ouverture était si petite que les habitants de la maison avaient sans doute jugé inutile de la protéger plus complètement, mais elle pouvait néanmoins donner passage à un enfant de la taille d'Olivier. L'art de M. Sikes eut vite raison de la fenêtre dont le châssis ne tarda pas à s'ouvrir tout grand.

— Maintenant, écoute-moi bien, petit drôle, chuchota M. Sikes en tirant de sa poche une lanterne sourde dont il dirigea la lumière sur la figure d'Olivier. Je vais te faire passer par là. Traverse le vestibule et ouvre-nous la porte d'entrée.

Toby posa sa lanterne sur le sol, puis se planta solidement sous la fenêtre, la tête contre le mur et les mains sur les genoux de façon à faire de son dos un marchepied. Ceci ne fut pas plus tôt fait que Sikes, montant sur Toby, introduisit doucement Olivier par la fenêtre et, sans lui lâcher le col, le déposa à l'intérieur, debout sur le plancher. Sikes, lui désignant la porte d'entrée avec le canon de son pistolet, l'informa brièvement qu'il était en vue sur tout le parcours et que s'il hésitait il tomberait mort à l'instant.

— C'est l'affaire d'une minute. Dès que je te lâcherai, fais ce que je t'ai dit. Écoutez!

— Qu'y a-t-il? souffla son comparse.

Tous deux prêtèrent l'oreille attentivement.

— Rien, dit Sikes en lâchant Olivier. Vas-y.

Durant le bref instant où il avait pu rassembler ses idées, l'enfant avait pris la ferme résolution, dût-il périr dans la tentative, de se lancer du vestibule dans l'escalier pour donner l'alarme aux gens de la maison.

— Reviens! appela soudain Sikes à haute voix. Vite, reviens!

Effrayé par cet appel rompant brusquement le silence et par un cri qui le suivit aussitôt, Olivier ne sut plus s'il devait avancer ou reculer. Un autre cri se fit entendre, une lumière brilla, la vision de deux hommes terrifiés apparaissant à demi vêtus au haut de l'escalier dansa devant les yeux d'Olivier. Un éclair... une détonation... de la fumée... un craquement qu'il ne s'expliqua point, et il recula en chancelant.

Sikes saisit Olivier par le col avant que la fumée se fût dissipée. Il tira un coup de pistolet dans la direction des deux hommes qui battaient déjà en retraite et hissa l'enfant jusqu'à lui.

— Accroche-toi bien à moi, dit-il en faisant repasser Olivier par la fenêtre. Eh! toi, donne-moi vite une écharpe. Ils l'ont touché… Vite! Tonnerre! comme il saigne…

Le son bruyant d'une cloche se fit entendre, mêlé à des cris et à des coups de feu, et Olivier sentit qu'on l'emportait en courant sur un terrain inégal. Puis les bruits s'affaiblirent et se brouillèrent dans le lointain, une impression de froid mortel l'envahit, et il perdit connaissance.

Où l'on donne la substance d'un agréable entretien entre une dame et M. Bumble et où l'on montre qu'un bedeau peut avoir des sentiments

La nuit était glaciale. Triste, noire et froide, c'était une de ces nuits où les gens bien logés et bien nourris se serrent autour de la cheminée en remerciant Dieu d'être à l'abri, et où les malheureux affamés sans feu ni lieu se couchent sur le sol pour mourir.

Telle était la situation au-dehors lorsque

Mme Corney, surveillante en chef de l'hospice que nous avons déjà présenté comme le lieu de naissance d'Olivier Twist, s'assit devant un bon feu dans sa petite salle à manger et jeta un coup d'œil satisfait vers une petite table ronde sur laquelle était posé un plateau de taille assortie, garni de tous les accessoires nécessaires au repas le plus cher au cœur d'une surveillante. Pour tout dire, Mme Corney allait s'offrir le réconfort d'une tasse de thé.

Comme un fait insignifiant suffit à troubler la sérénité de notre esprit ! La théière noire, qui était très petite et vite remplie, déborda et l'eau lui brûla légèrement les doigts.

– Sale ustensile ! s'écria la digne surveillante en la reposant vivement sur la grille. A-t-on aussi idée de faire des théières qui ne tiennent pas plus de deux tasses ? À qui peuvent-elles bien servir, sinon... (ici Mme Corney fit une pause) sinon à une pauvre créature isolée comme moi ?

La petite théière et l'unique tasse avaient réveillé dans son esprit de tristes souvenirs relatifs à feu M. Corney, mort depuis vingt-cinq ans à peine, et elle en était toute retournée. Et elle commençait à peine sa première tasse de thé lorsqu'elle fut dérangée par un coup discret frappé à la porte.

– Entrez donc ! dit sèchement Mme Corney. C'est sans doute une vieille qui est en train de mourir ! Elles meurent toujours quand je suis à table. Qu'est-ce qui est encore arrivé ?

– Rien, madame, rien, répondit une voix masculine.

– Seigneur! s'exclama la surveillante sur un ton considérablement adouci. C'est vous, monsieur Bumble ?

– Pour vous servir, madame, dit M. Bumble.

Les yeux de la surveillante allèrent de la petite bouilloire au bedeau ; et elle lui demanda timidement s'il... s'il n'accepterait pas une tasse de thé.

M. Bumble, instantanément, rabattit son col, posa son chapeau et sa canne sur une chaise et attira une autre chaise près de la table. Tout en s'asseyant avec lenteur, il regardait son hôtesse. Mme Corney se leva pour prendre une autre tasse dans le placard. Comme elle se rasseyait, ses yeux rencontrèrent ceux du galant bedeau ; elle rougit et s'absorba tout entière dans la préparation du thé. Il enveloppait Mme Corney du regard, et si jamais bedeau eut l'air tendre, ce fut bien M. Bumble en cet instant. Il amena son siège tout contre celui sur lequel était assise la surveillante.

– M. Bumble! chuchota vivement cette prudente personne (la frayeur lui avait presque ôté la voix); monsieur Bumble, je vais crier!

M. Bumble ne répondit rien, mais avec lenteur et dignité plaça son bras autour de la taille de la surveillante. Puisque Mme Corney avait annoncé son intention de crier, il y a tout lieu de croire qu'après cette nouvelle liberté elle aurait crié pour de bon si cet effort ne lui avait été épargné par un coup bref frappé à la porte. À peine eut-il retenti que M. Bumble s'élança prestement vers les bouteilles et se mit à les essuyer avec la plus grande vigueur pendant que la surveillante demandait d'une voix sèche :

— Qui est là ?

— S'il vous plaît, madame, dit une vieille pauvresse parcheminée d'une affreuse laideur en passant la tête par la porte entrebâillée ; la vieille Sally est en train de passer.

— Et en quoi cela me regarde-t-il ? demanda la surveillante avec humeur. Je ne puis l'empêcher de mourir, ce me semble.

— Non, madame, répliqua la vieille. Mais la vieille Sally répète qu'elle a quelque chose à vous dire et qu'il faut absolument que vous l'entendiez. Elle ne mourra pas tranquille tant qu'elle ne vous aura pas vue.

La digne Mme Corney répondit à cette information en marmottant quelques invectives variées à l'adresse des vieilles femmes qui ne peuvent même pas mourir sans importuner leurs supérieurs. Tout en s'emmitouflant dans un châle épais qu'elle avait saisi vivement, elle pria d'un mot M. Bumble d'attendre son retour, puis, enjoignant à la messagère de marcher vite et de ne pas lanterner toute la nuit dans les escaliers, la suivit hors de la pièce de très mauvaise grâce, sans cesser de ronchonner.

Resté seul, M. Bumble eut une conduite assez inexplicable. Il ouvrit le placard, compta les cuillers à café, soupesa la pince à sucre, examina de près un pot à lait d'argent pour s'assurer de la pureté du métal. Quand il eut terminé ces exercices étranges, il parut s'appliquer mentalement à établir un inventaire exact du mobilier.

Ce chapitre traite un bien piètre sujet, mais il est très bref et présente une certaine importance dans la suite du récit

C'était vraiment une messagère de mort qui était venue troubler le paisible intérieur de la surveillante. Clopin-clopant, la vieille sorcière avançait le long des corridors, montait les escaliers en marmottant des réponses inintelligibles aux remontrances de sa compagne. Enfin, obligée de s'arrêter pour reprendre haleine, elle donna la lumière qu'elle avait à la main et suivit comme elle pouvait la surveillante tandis que celle-ci, d'un pas plus alerte, gagnait la chambre où était couchée la moribonde.

Celle-ci saisit la surveillante par le bras, l'obligea à s'asseoir auprès du lit, et elle allait parler quand elle aperçut les deux vieilles penchées en avant pour ne pas perdre une seule de ses paroles.

— Faites-les sortir! dit-elle d'une voix éteinte. Vite…

Les deux vieilles se mirent à gémir d'une seule voix que la chère malade ne connaissait plus ses meilleures amies, mais la surveillante les poussa dehors, ferma la porte et revint s'asseoir près du lit.

— Maintenant, écoutez-moi, dit la mourante. Dans cette même chambre, dans ce même lit, j'ai soigné jadis une jolie jeune femme qu'on avait amenée ici, les pieds meurtris, blessés par la marche et tout couverts de poussière et de sang. Elle a mis au monde un garçon, et elle est morte. Je l'ai volée. Elle n'était pas froide… je vous dis qu'elle n'était pas encore froide lorsque je le lui ai pris.

— Pris quoi, au nom du ciel? s'écria la surveillante en faisant un geste comme si elle allait appeler à l'aide.

— La seule chose qu'elle possédait, répondit la vieille femme. Elle n'avait plus de vêtements chauds et tombait d'inanition, mais elle avait gardé le bijou caché sur sa poitrine. C'était en or, du bel or véritable qui aurait pu lui sauver la vie! Elle m'avait chargée de le garder en lieu sûr, et elle s'était confiée à moi parce que j'étais la seule femme qu'elle eût auprès d'elle. Dès le moment où elle me montra le bijou suspendu à son cou, j'eus l'idée de le voler. L'enfant est peut-être mort à présent, par ma faute. On l'aurait mieux traité si on avait tout su !

— Si on avait su quoi ? interrogea l'autre. Parlez donc !

— L'enfant en grandissant ressemblait tant à sa mère, continua la vieille suivant son idée sans tenir compte de la question, que je ne pouvais pas le rencontrer sans penser à elle. Pauvre fille ! Quand elle sentit les premières angoisses de la mort, elle me dit tout bas que, si l'enfant qui allait naître devait vivre et grandir, un jour viendrait peut-être où il pourrait sans rougir entendre nommer sa pauvre jeune mère.

— Le nom de l'enfant ? demanda impérieusement la surveillante.

— On l'appelait Olivier, répondit la vieille femme dans un souffle. L'or que j'ai volé, c'était…

— C'était… ?

Mme Corney s'était courbée avidement pour saisir la réponse, mais elle eut un mouvement de recul instinctif : la mourante se redressait encore une fois sur son séant, lentement, tout d'une pièce, en crispant ses mains sur la couverture. Elle murmura quelques sons inintelligibles, puis retomba sans vie sur le lit.

Où nous retrouvons M. Fagin et son aimable entourage

Tandis que ces choses se passaient à l'hospice paroissial, M. Fagin était assis dans son repaire et méditait devant la cheminée où fumait un maigre feu. Assis à une table, derrière lui, l'Astucieux Renard, master Charley Bates et M. Chitling s'absorbaient dans une partie de whist.

— Chut! lança le Renard. J'entends le grelot.

Et saisissant la lumière, il monta sans bruit l'escalier. La sonnette fut tirée de nouveau par une main impatiente pendant que la compagnie demeurait dans l'obscurité. Après une brève attente, le Renard reparut et murmura quelques paroles à Fagin d'un air mystérieux.

— Comment? s'écria le Juif. Tout seul? Où est-il?

Le Renard montra du doigt l'étage supérieur et se dirigea vers la porte.

— Oui, dit le Juif, répondant à cette muette question, fais-le descendre. Chut! Doucement, Charley! Doucement, Tom! Allez-vous-en!

Ils obéirent immédiatement en silence à cette brève injonction. Aucun bruit ne trahissait leur présence lorsque le Renard redescendit l'escalier, suivi d'un homme vêtu d'une blouse grossière. Ayant jeté un coup d'œil rapide autour de la pièce, celui-ci retira un vaste cache-nez qui lui dissimulait le bas du visage, et, hâve, sale et hirsute, apparut la physionomie de l'élégant Toby Crackit.

— Voyez-moi ça, Fagin, dit-il en montrant d'un air désolé ses bottes à revers. Pas un coup de brosse ; pas une miette de cirage depuis… !

Alors, ayant ordonné au Renard de sortir, il ferma la porte, mélangea du genièvre et de l'eau dans un verre et se prépara enfin à parler.

— L'affaire a raté, dit Toby d'une voix molle. On a tiré sur le môme qui a été touché. Alors nous nous sommes sauvés à travers champs avec lui. On nous a donné la chasse. Nom de nom ! tout le pays était réveillé, les chiens lâchés à nos trousses.

— Et l'enfant ?

— Bill l'avait pris sur son dos et filait comme le vent. Nous nous sommes arrêtés pour le porter à deux, sa tête pendait et il était tout froid. Les autres arrivaient sur nos talons. Alors, quand on veut sauver sa peau, chacun pour soi ! Nous nous sommes séparés en laissant le môme allongé dans un fossé, mort ou vif, je n'en sais rien.

Le Juif n'en écouta pas davantage, mais, s'enfonçant les mains dans les cheveux avec un hurlement, il se précipita au-dehors.

Où l'on voit un personnage mystérieux faire son apparition

Arrivé au bout de la rue, le vieillard n'était pas encore remis de l'émotion causée par les nouvelles apportées par Toby Crackit.

Près du point où se joignent Snow Hill et Holborn Hill, à main droite en venant de la Cité, s'ouvre une ruelle étroite et lugubre qui mène à Saffron Hill. Dans les misérables boutiques qui les bordent sont exposés des mouchoirs de soie d'occasion de toutes grandeurs et de toutes teintes, car c'est là que résident les marchands qui les achètent aux pickpockets. Suspendus au-dehors par des crochets, des centaines de ces mouchoirs dansent le long des devantures ou flottent au-dessus des portes ; ils s'entassent à l'intérieur sur toutes les planches. C'est dans cette rue que le Juif avait pénétré. Il s'arrêta au bout de la ruelle pour s'adresser à un marchand de petite taille qui avait enfoncé dans un fauteuil d'enfant tout ce que ce fauteuil pouvait contenir de son individu.

Fagin, pointant dans la direction de Saffron Hill, demanda si personne n'était parti là-haut.

— Aux *Trois Boiteux* ? demanda l'homme.

Le Juif fit oui de la tête.

— Attends, réfléchit le marchand. Je ne crois pas que

ton ami soit là-bas. Tu n'as rien d'intéressant pour moi ce soir ?

— Non, rien ce soir, dit le Juif en s'éloignant.

Le cabaret des *Trois Boiteux* se trouvait être l'établissement où nous avons déjà vu Sikes et son chien. Ayant fait un signe à l'homme du comptoir, Fagin monta directement au premier étage, ouvrit une porte, s'introduisit sans bruit dans une salle et, s'abritant les yeux avec la main, jeta des regards anxieux autour de lui, comme s'il cherchait quelqu'un. Il passait en revue toutes les figures sans rencontrer, apparemment, celle qu'il cherchait. À la fin, ayant réussi à rencontrer le regard d'un homme, il lui fit un petit signe et sortit de la salle aussi doucement qu'il y était entré.

— Que puis-je pour vous, monsieur Fagin ? demanda l'homme qui l'avait suivi sur le palier.

Le Juif murmura :

— Doit-*il* venir ce soir ?

— Monks, vous voulez dire ? dit le cabaretier avec hésitation.

— Chut ! fit le Juif. Oui.

— Sûr qu'il doit venir, dit l'homme en tirant une montre de son gousset. Je l'attendais même plus tôt. Si vous voulez patienter dix minutes…

— Non, non, se dépêcha de dire le Juif, comme si, malgré son désir de voir la personne en question, il éprouvait un certain soulagement de son absence. Dites-lui que je l'attends ce soir chez moi.

Et M. Fagin reprit la direction de son logis. Il était arrivé au coin de la rue qu'il habitait et fouillait déjà dans sa poche pour en tirer sa clef, lorsqu'une forme noire émergea de l'ombre épaisse d'une porte, traversa la rue à pas de loup et s'approcha de lui sans éveiller son attention.

— Fagin! dit une voix contre son oreille. Où diable étiez-vous donc?

— En course pour vos affaires, mon cher, répondit le Juif.

L'étranger, l'interrompant, montra du geste la maison devant laquelle ils venaient d'arriver et lui fit observer qu'ils seraient mieux pour causer à l'intérieur.

— Il fait noir comme dans un four, dit l'homme en avançant à tâtons.

Faisant signe à son visiteur de le suivre, Fagin le précéda dans l'escalier qui menait au premier étage. Ils commencèrent par s'entretenir à voix très basse. Bien que rien de cette conversation ne fût intelligible, à part un mot par-ci par-là, un témoin aurait compris sans peine que Fagin se défendait contre des reproches de l'étranger et que celui-ci était extrêmement irrité. Ils causaient ainsi depuis un quart d'heure ou davantage, lorsque Monks — c'est ainsi que le Juif l'avait nommé plusieurs fois au cours de leur conversation – dit en élevant un peu la voix :

– Je vous répète que l'affaire a été mal combinée. Pourquoi ne pas l'avoir gardé ici avec les autres et fait tout de suite de lui un vulgaire pickpocket ?

– J'ai vu que ce n'était pas facile de le dresser au métier, répondit le Juif. Il ne ressemble nullement aux autres gamins auxquels j'ai pu avoir affaire. Je n'arrivais pas à le terroriser, ce qui est indispensable au début si l'on veut atteindre un résultat. Que pouvais-je faire ? L'envoyer dans la rue avec le Renard et Charley ? Une fois nous a suffi, mon cher, et ce que j'ai pu trembler pour nous tous ! Sans cette aventure, vous n'auriez peut-être jamais eu l'occasion de remarquer l'enfant et de découvrir que c'était lui que vous recherchiez. Vous vouliez en faire un voleur. S'il est vivant, je saurai le dresser, et si… si… si le pire est arrivé, s'il est mort…

– S'il est mort, ce n'est pas ma faute, interrompit l'autre avec un regard de terreur en enserrant le bras du Juif de ses mains tremblantes. Notez-le bien, Fagin, je n'y suis pour rien. Tout, sauf sa mort, vous avais-je dit dès le début. Je ne veux pas verser de sang ; cela se découvre toujours et l'on est, de plus, hanté par des fantômes. Si on l'a tué, je n'en suis pas responsable ; vous entendez ?... Infernale boutique ! qu'est-ce que c'est que ça ?

– Quoi donc ? où cela ? s'écria le Juif en saisissant

à bras-le-corps le poltron qui avait sauté sur ses pieds.

— Là-bas! répondit l'homme en regardant fixement le mur opposé. J'ai vu l'ombre d'une femme coiffée d'un chapeau glisser comme un fantôme le long de la boiserie.

— C'est un effet de votre imagination, dit le Juif en se tournant vers son compagnon après avoir pris le bougeoir.

M. Monks finit par rire un peu jaune en avouant que c'était sans doute le fait de son imagination surexcitée. Cependant, s'étant rappelé subitement qu'il était plus d'une heure du matin, il refusa de reprendre l'entretien, et, en conséquence, les deux aimables amis se séparèrent.

Qui répare l'impolitesse d'un précédent chapitre où on avait faussé compagnie à une dame sans la moindre cérémonie

Il serait peu séant, de la part d'un modeste écrivain, de faire attendre indéfiniment un personnage de l'importance d'un bedeau, le dos au feu, les basques de son habit relevées sur les bras; il serait encore plus déplacé, en même temps que contraire à la galanterie, de plonger dans le même oubli une dame sur qui le bedeau avait posé un regard de tendresse et d'affection.

M. Bumble avait recompté les cuillers à thé, resoupesé la pince à sucre, examiné de plus près le pot à lait, s'était assuré avec minutie de l'état du mobilier, allant jusqu'à inspecter le rembourrage des sièges, et il avait recommencé une bonne demi-douzaine de fois ces différents examens, lorsque Mme Corney rentra précipitamment dans la pièce, se jeta tout essoufflée sur une chaise près de la cheminée, se couvrit les yeux d'une main, plaça l'autre sur son cœur et parut suffoquer. M. Bumble attira un siège près de la surveillante et s'enquit tendrement de ce qui l'avait ainsi bouleversée.

– Rien, dit Mme Corney. Je suis une femme si impressionnable, si sotte, si faible!

– Oh! pas faible, madame, protesta M. Bumble en approchant sa chaise un peu plus. Croyez-vous vraiment être si faible, madame Corney?

– Nous sommes tous de faibles créatures, dit la surveillante, posant un principe général.

– C'est bien vrai, fit le bedeau.

Aucune parole ne fut prononcée de part et d'autre pendant une minute ou deux. À l'expiration de ce temps, M. Bumble avait illustré d'un exemple le principe énoncé ci-dessus, en retirant son bras gauche du dossier du siège de Mme Corney sur lequel il s'appuyait pour le placer à la hauteur du cordon de tablier de la dame, autour duquel il s'enlaça peu à peu de plus en plus étroitement.

– Cette pièce est très confortable, madame, dit M. Bumble, promenant son regard autour de lui. Une autre pièce ajoutée à celle-ci ferait un logement complet.

– Ce serait trop grand pour une seule personne, murmura la dame.

– Mais pas trop grand pour deux, murmura M. Bumble de sa voix la plus suave.

La dame ne put résister à cette explosion de sentiment, elle tomba dans les bras de M. Bumble, et celui-ci, dans son émotion, posa sur le chaste nez de Mme Corney un baiser brûlant.

– Quelle perfection paroissiale ! s'exclama M. Bumble avec transport. Vous savez, ma divine, que M. Slout va plus mal ce soir ? Il ne durera pas huit jours. C'est lui qui est à la tête de l'hospice ; sa mort amènera une vacance, et cette vacance, il faudra la remplir. Oh ! madame Corney, quelle perspective s'ouvre devant nous ! Quelle occasion d'unir deux cœurs et deux ménages !

Mme Corney se mit à sangloter.

– Un petit mot ? dit M. Bumble en se penchant sur cette timide beauté. Juste un tout, tout petit mot, voulez-vous, mon aimable Corney ? À quand la noce ?

Mme Corney essaya deux fois de parler, et deux fois dut y renoncer. À la fin, rassemblant toute son énergie, elle jeta ses bras autour du cou de M. Bumble et répondit que la noce aurait lieu quand il voudrait, déclarant que M. Bumble était un vrai tourtereau.

Le tourtereau releva son col et remit son tricorne ; ayant ensuite échangé un long et tendre baiser avec sa future moitié, il affronta de nouveau le vent glacial de la nuit, non sans s'être arrêté quelques minutes dans la salle des indigents pour les tarabuster un peu, histoire de s'assurer qu'il était capable de remplir les fonctions de directeur de *workhouse* avec toute la rudesse voulue. Convaincu de ses aptitudes, il sortit de l'établissement le cœur léger.

À la recherche d'Olivier. Suite de ses aventures

— Holà ! cria une voix tremblante. Ici, Pincher ! Ici, Neptune !

Les chiens, qui semblaient avoir peu de goût pour la poursuite dans laquelle ils étaient engagés, obéirent aussitôt au commandement ; et trois hommes qui s'étaient avancés au milieu du champ s'arrêtèrent pour délibérer.

— Ce que je conseille, dit le plus corpulent des trois, ou plutôt ce que j'ordonne, c'est que nous retournions tout de suite à la maison.

— Je suis disposé à approuver tout ce que trouve raisonnable M. Giles, dit un homme plus petit, mais rondelet, qui était très pâle de visage et très poli de manières, comme le sont fréquemment les gens effrayés.

— Vous avez peur, Brittles? dit M. Giles.

— Pas le moins du monde, répondit Brittles.

Sur quoi, tous trois firent volte-face et se mirent à courir dans la direction de la maison avec un touchant ensemble, jusqu'au moment où M. Giles, qui avait le souffle plus court que les autres et était en outre embarrassé d'une fourche, demanda noblement à ses compagnons de s'arrêter.

— Mais c'est étonnant, dit M. Giles, ce dont un homme est capable lorsque le sang bouillonne dans ses veines. J'aurais pu commettre un meurtre – je l'aurais commis, c'est certain – si nous avions attrapé un de ces bandits.

Comme les autres éprouvaient le même sentiment, et que, pour une raison ou pour une autre, le bouillonnement de leur sang s'était calmé brusquement, de même que celui de M. Giles, on chercha quelle pouvait être la cause de ce refroidissement soudain de leur ardeur.

— Je sais, dit M. Giles, c'est la barrière. Vous pouvez être certains que c'est cette barrière qui a arrêté notre élan. J'ai senti le mien m'abandonner tout d'un coup au moment où je l'escaladais.

Par une curieuse coïncidence, les deux autres avaient ressenti à ce moment précis la même impression désagréable. Évidemment, c'était la barrière ; il n'y avait aucun doute quant à l'instant où le phénomène s'était produit, car tous les trois se rappelaient qu'à cette même seconde ils avaient aperçu les voleurs.

Ces propos étaient échangés par les deux hommes qui avaient surpris les malfaiteurs et par un rétameur ambulant, logé cette nuit-là dans les communs, qu'on avait réveillé ainsi que ses deux chiens pour prendre part à la poursuite. M. Giles jouait auprès de la vieille dame à qui appartenait la propriété le double rôle de majordome et de régisseur, et Brittles était un domestique à tout faire.

Tout en se donnant mutuellement du cœur par des propos de ce genre et en se serrant de très près les uns contre les autres, les trois hommes repartirent au trot vers la maison.

L'air se refroidissait à mesure que le jour approchait, et le brouillard glissait au ras du sol comme un épais nuage de fumée. L'herbe était mouillée, les sentiers et les bas-fonds détrempés, et le souffle humide d'un vent malsain passait lentement en faisant entendre une plainte sourde. Olivier était resté étendu immobile et sans connaissance à l'endroit où Sikes l'avait laissé. L'aube approchait rapidement. La pluie commença, et les gouttes, lourdes et serrées, fouettèrent les buissons sans feuilles. Mais Olivier ne les sentait pas, car il gisait impuissant et privé de connaissance sur son lit de glaise.

À la fin, un faible cri de douleur rompit le silence qui régnait aux alentours, et, en le poussant, l'enfant revint à lui. Olivier était si faible que c'est à grand-peine qu'il put s'asseoir ; quand il y fut parvenu, il promena un regard las autour de lui pour chercher du secours et la souffrance lui arracha un gémissement. Averti par un malaise grandissant que, s'il demeurait là, il était sûr de mourir, il se mit sur pied et s'efforça de marcher. Sa tête bourdonnait et il titubait comme un homme ivre ; mais il tint bon, cependant, et se mit en marche d'un pas hésitant, la tête penchée en avant sur sa poitrine, sans savoir où il allait. Il regarda autour de lui et vit qu'à peu de distance se dressait une maison qu'il aurait peut-être la force de gagner.

Il traversa la pelouse d'un pas vacillant, monta péniblement les marches du perron et frappa un coup timide à la porte ; puis, ses forces l'abandonnant, il se laissa tomber contre un des piliers du petit portique.

Or, à ce moment-là, M. Giles, Brittles et le rétameur, installés au sous-sol dans la cuisine, se remettaient des fatigues et des émotions de la nuit en absorbant du thé et des réconforts variés. M. Giles donna l'ordre d'ouvrir la porte. Brittles obéit.

— Un gamin! s'écria M. Giles. Eh! Brittles, regardez donc!... Ne serait-ce pas...?

M. Giles saisit l'enfant, le transporta dans le vestibule et le déposa par terre.

— Je le tiens, hurla-t-il très excité au bas de l'escalier. Un des voleurs est pris, madame!... Un des voleurs est pris, miss!... Blessé, miss!... C'est moi qui ai tiré sur lui, miss...

Les deux servantes montèrent l'escalier en courant pour annoncer que M. Giles avait capturé un des malandrins, tandis que le rétameur s'efforçait de ranimer Olivier, de crainte qu'il ne vînt à expirer avant d'être pendu. Au milieu de ce bruit et de cette agitation, une douce voix de femme se fit entendre, et le calme se rétablit à l'instant.

— Giles! appela la voix du haut de l'escalier. Vous effrayez ma tante autant que l'ont fait les voleurs. Ce malheureux est-il gravement blessé?

— Mortellement, miss, répondit Giles avec une indicible satisfaction.

— Taisez-vous! je vous en prie, répliqua la jeune fille. Attendez tranquillement un instant pendant que je vais parler à ma tante.

D'un pas doux et léger comme sa voix, elle s'éloigna. Peu après, elle revint donner l'ordre de transporter le blessé dans la chambre de Giles et dit à Brittles de seller le poney pour se rendre à Chertsey afin de demander d'urgence un médecin.

Où l'on présente les habitants de la maison à laquelle s'était adressé Olivier

Dans une belle salle à manger, meublée avec le confort de l'ancien temps, deux dames assises devant un couvert bien dressé prenaient leur petit déjeuner. Correctement vêtu de noir, M. Giles les servait. Il avait l'air d'un homme qui a pleinement conscience de son importance et de ses mérites. L'une des deux dames était d'un âge avancé. Elle était assise dans une pose pleine de dignité, les mains croisées posées sur la table devant elle. Ses yeux, dont les années avaient à peine terni l'éclat, étaient fixés sur le visage de sa jeune compagne.

Celle-ci était dans toute la fleur du printemps de la vie. Elle n'avait pas plus de dix-sept ans. À la voir si fine et si gracieuse, si douce et si aimable, si pure et si belle, il ne semblait pas que la terre fût son élément, ni qu'elle eût rien de commun avec les êtres frustes qui l'habitent. Elle était absorbée par les petits détails du repas, quand un cabriolet s'arrêta devant la porte du jardin. Un monsieur corpulent en sortit vivement, courut droit à la porte d'entrée, fut introduit immédiatement par quelque mystérieux procédé et fit irruption dans la pièce en culbutant presque M. Giles et la table du déjeuner.

— Jamais je n'ai entendu chose pareille ! s'exclama le monsieur corpulent. Ma chère madame Maylie ! Dieu du ciel !... et en pleine nuit encore !... Vous devez être mortes de peur, positivement, continua-t-il. Et en pleine nuit !

Le docteur paraissait spécialement troublé par le fait que la tentative de vol avait eu lieu nuitamment, comme s'il était de règle chez messieurs les voleurs de vaquer en plein midi à leurs affaires et d'annoncer leur visite par la poste deux ou trois jours à l'avance.

— Et vous, miss Rose, dit le docteur en se tournant vers la jeune fille, j'espère...

— Oh ! parfaitement, dit Rose en l'interrompant ; mais il y a là-haut un pauvre malheureux que ma tante désire vous faire voir.

— Ah ! bon, dit le docteur. Très bien ! Et c'est vous, Giles, à ce que j'ai compris, qui l'avez si bien arrangé ?

M. Giles, qui remettait fiévreusement en ordre les tasses à thé, devint tout rouge et répondit qu'il avait cet honneur.

Le docteur suivit M. Giles jusqu'à l'étage supérieur.

Pendant qu'il monte l'escalier, informons le lecteur que M. Losberne, chirurgien du pays et désigné à dix milles à la ronde sous ce simple nom, «le docteur», devait son embonpoint beaucoup plus à son heureux caractère qu'à la bonne chère, et que, pour rencontrer un vieux célibataire doué d'autant de cœur, d'entrain et d'originalité, on aurait pu battre tout le comté sans aucun succès.

Le docteur demeura absent beaucoup plus longtemps que lui-même et les dames Maylie ne s'y attendaient. Enfin il redescendit. Aux questions anxieuses qui lui furent posées sur l'état du blessé, il répondit par des airs mystérieux et commença par fermer la porte.

– Avez-vous vu ce voleur?
– Non, répondit la vieille dame.
– On ne vous a rien dit sur lui?
– Non plus.

En fait, M. Giles n'avait pu se résigner jusqu'ici à avouer qu'il n'avait blessé qu'un gamin.

– Rose voulait voir cet homme, dit Mme Maylie, mais je m'y suis opposée.
– Peuh! dit le docteur. Son aspect n'a rien de bien effrayant. Il n'y a pas la plus petite crainte à avoir; je vous en réponds sur mon honneur!

Où nous voyons l'effet produit par Olivier sur les habitantes de la villa

Avec mainte assurance que la vue du criminel leur causerait une agréable surprise, le docteur glissa le bras de la jeune fille sous un des siens, offrit sa main libre à Mme Maylie et conduisit les deux dames en grande pompe et cérémonie jusqu'au second étage. Il entra le premier et jeta un coup d'œil dans la chambre. Puis il fit signe à ses compagnes d'avancer et ferma la porte derrière elles. Alors il tira doucement les rideaux du lit, et voilà que, au lieu du bandit à la mine sombre et renfermée qu'elles s'attendaient à trouver, elles virent un jeune garçon épuisé par la fatigue et la souffrance qui dormait profondément.

— Qu'est-ce que cela veut dire ? s'écria la vieille dame. Jamais ce pauvre enfant n'a pu être le complice de voleurs !

— Il est si jeune ! insista Rose.

— Ma chère, répliqua le docteur en secouant la tête avec mélancolie, le crime, comme la mort, n'est pas l'apanage de la vieillesse et de la décrépitude, et des êtres jeunes et charmants sont trop souvent ses victimes de choix.

— Quand bien même il serait coupable, dit Rose, songez combien il est jeune. Tante, ma chère tante, pensez à cela avant de laisser mettre ce malheureux garçon en prison.

— Ma chère petite, dit la vieille dame, penses-tu que je voudrais toucher à un seul cheveu de sa tête ? Docteur, que puis-je faire ?

— Il va se réveiller sans doute d'ici une heure, je vais l'examiner en votre présence, et si, d'après ses réponses, nous jugeons de façon convaincante que cet enfant est véritablement perverti (ce qui est fort possible), nous l'abandonnerons à son sort.

— Oh! non, ma tante, supplia Rose.

— Oh! si, ma tante, dit le docteur.

Le soir tombait quand le bon docteur vint annoncer que l'enfant était assez reposé pour qu'on pût lui parler. L'entretien dura longtemps, car Olivier leur raconta toute son humble histoire. C'était vraiment poignant d'entendre dans cette chambre sombre la voix menue du petit blessé dresser la morne liste des misères et des souffrances que des hommes au cœur dur lui avaient fait subir.

Ce soir-là, des mains douces et délicates arrangèrent l'oreiller d'Olivier, et la vertu et la beauté veillèrent sur son sommeil. Il se sentait heureux et calme et aurait accueilli la mort sans murmurer.

Où l'on montre l'heureuse existence menée par Olivier chez ses nouveaux amis

Les maux dont souffrait Olivier étaient à la fois nombreux et pénibles. Outre l'immobilité forcée qui résultait de sa blessure, la fièvre, qu'il avait contractée durant les longues heures passées dans le froid et l'humidité, continua pendant plusieurs semaines à le prendre par accès et le réduisit à une pitoyable maigreur. Peu à peu, cependant, un mieux se fit sentir, et Olivier put dire en quelques mots mêlés de larmes combien il était touché de la bonté de ses deux bienfaitrices.

— Pauvre petit, dit Rose, un jour qu'Olivier balbutiait d'une voix faible les paroles de reconnaissance qui montaient à ses lèvres pâles. Nous allons partir pour la campagne, et ma tante a décidé de t'emmener. Le calme, l'air pur et tous les agréments de la belle saison achèveront de te remettre en quelques jours.

— Oh! ma chère demoiselle, je donnerais tout au monde pour pouvoir vous rendre service et vous faire plaisir. Mais je pensais qu'en ce moment même je me montrais bien ingrat.

— Envers qui? demanda la jeune fille.

— Envers le bon monsieur et sa chère vieille gouvernante qui ont pris de moi tant de soin. S'ils savaient combien je suis heureux, ils en seraient eux-mêmes tout réjouis.

— Je n'en doute pas, répondit sa jeune bienfaitrice, et M. Losberne a été assez bon pour promettre de te mener les voir dès que tu seras suffisamment remis pour supporter le voyage.

Peu de temps après, Olivier, se sentant assez fort pour supporter la fatigue de cette expédition, M. Losberne et lui partirent un beau matin dans un petit équipage appartenant à Mme Maylie. Olivier sachant le nom de la rue où demeurait M. Brownlow, ils purent s'y rendre directement. Lorsque la voiture eut tourné le coin de la rue, l'enfant sentit son cœur battre si violemment que c'est à peine s'il pouvait respirer.

— Maintenant, mon garçon, quelle est la maison?

— Celle-là, répondit Olivier en passant vivement la main par la portière. La maison blanche.

La voiture s'arrêta. Olivier regarda les fenêtres tandis que des larmes de joie inondaient son visage. Hélas! la maison blanche était vide, et un écriteau s'étalait sur une fenêtre avec ces mots: «*À louer.*»

— Frappons à la porte suivante, s'écria M. Losberne en passant le bras d'Olivier sous le sien. Qu'est devenu M. Brownlow qui habitait la maison voisine? Le savez-vous?

La servante dit que M. Brownlow avait vendu son mobilier et qu'il était parti pour l'Amérique, six semaines auparavant. Olivier joignit les mains et se laissa retomber sur la banquette.

– La femme de charge est-elle partie aussi ?

– Oui, monsieur, répondit la servante, le vieux monsieur, la femme de charge et un gentleman ami de M. Brownlow. Tous sont partis ensemble.

Cet amer désappointement causa un véritable chagrin à Olivier au milieu de son bonheur. L'idée qu'ils étaient partis si loin, emportant la conviction qu'il était un menteur et un fripon – conviction qu'ils conserveraient peut-être jusqu'à la fin de leurs jours –, lui semblait infiniment dure à supporter.

Ces circonstances, néanmoins, n'apportèrent aucun changement aux bonnes dispositions de ses bienfaitrices à son égard. Au bout d'une quinzaine, comme le temps devenait de plus en plus tiède et beau, les dames Maylie partirent s'installer dans un cottage situé à quelque distance, en pleine campagne, emmenant Olivier avec elles. Comment décrire le plaisir et l'enchantement, la paix d'esprit et la douce tranquillité que ressentit le jeune convalescent dans l'air embaumé de ce village champêtre, au milieu de vertes collines et de bois touffus ? Le lieu de cette nouvelle résidence était charmant. Olivier, qui n'avait vécu depuis sa naissance qu'au milieu de gens malpropres, bruyants et querelleurs, avait l'impression de commencer une nouvelle existence.

Trois mois s'écoulèrent ainsi. Trois mois qui, dans la vie du plus favorisé des mortels, auraient pu compter pour trois mois de bonheur sans mélange, et qui, dans celle d'Olivier, représentèrent une période de véritable félicité.

Où l'on voit le bonheur d'Olivier et de ses amis traversé par l'épreuve

Le printemps s'écoula rapidement ; l'été vint, et le village, charmant dès le début, prit toute sa beauté dans le plein épanouissement de la nature.

Un soir de beau temps, la journée ayant été particulièrement chaude, la promenade se prolongea plus longtemps que d'habitude. Rose s'était montrée pleine d'entrain, et c'est en devisant joyeusement qu'ils avaient dépassé les limites habituelles. Mme Maylie se sentant fatiguée, ils revinrent au logis d'un pas plus lent, et, retirant simplement son chapeau, la jeune fille couvrit son visage avec ses mains et, s'affaissant sur le canapé, donna libre cours à ses larmes.

— Mon enfant, dit la vieille dame en l'entourant de ses bras, je ne t'ai jamais vue ainsi.

— Je ne voudrais pas vous alarmer, répondit Rose ; mais je ne puis plus lutter. Je crains, ma tante, d'être vraiment souffrante.

Elle l'était en effet, car, dès que les bougies furent

allumées, on s'aperçut que durant le bref instant qui s'était écoulé depuis leur retour, la fraîcheur de son teint avait fait place à une blancheur de marbre.

La nuit se passa dans l'anxiété. Quand revint le jour, Rose présentait les symptômes d'une fièvre dangereuse.

– Faisons tout ce que nous pouvons sans nous laisser aller à un stérile chagrin, Olivier, dit Mme Maylie, en regardant le jeune garçon en face. Voici une lettre à faire parvenir le plus vite possible à M. Losberne. Il faut la porter au bourg qui est à quatre milles à peine par le raccourci à travers champs et la remettre à un exprès à cheval pour qu'il la porte directement à Chertsey. Les patrons de l'auberge t'en indiqueront un. Je sais que je puis te donner cette mission en toute confiance.

Olivier ne put répondre, mais son désir de partir immédiatement était manifeste.

– Voici une autre lettre, dit Mme Maylie en s'arrêtant pour réfléchir, mais je me demande si je dois la faire partir tout de suite. Je ne voudrais l'envoyer que si le pire était à craindre.

Olivier jeta un coup d'œil sur la suscription et lut le nom de «Harry Maylie, Esquire». L'adresse indiquait le château d'un lord dans un pays qu'il ne connaissait pas.

– Dois-je la porter aussi, madame? demanda

Olivier en levant un regard impatient vers Mme Maylie.

— Non, dit Mme Maylie. Je préfère attendre jusqu'à demain.

Sur ces mots, elle donna sa bourse à Olivier, et celui-ci, sans plus attendre, partit de toute la vitesse de ses jambes. Il courut ainsi à travers champs. Il ne s'arrêta point, sauf quelques secondes de temps à autre pour reprendre haleine, jusqu'au moment où, tout en nage et couvert de poussière, il arriva sur la place du marché de la petite ville.

On voyait sur cette place une banque toute blanche, une brasserie toute rouge, un hôtel de ville tout jaune, et, à un coin, une grande maison à poutres et à volets verts qui avait pour enseigne : *Au roi George*. Dès qu'Olivier l'aperçut, il s'y précipita. Il fallut faire seller un cheval et donner à un homme le temps de s'habiller, ce qui prit dix bonnes minutes. Enfin, tous les préparatifs étant terminés, la lettre fut remise au messager avec force recommandations pour qu'elle fût promptement délivrée à son destinataire.

C'était un soulagement de sentir qu'on avait envoyé chercher du secours sans perdre de temps. Avec un cœur plus léger, Olivier retraversa vivement la cour de l'hôtel, et il allait passer sous la grande porte lorsqu'il heurta par mégarde un homme de haute stature, enveloppé d'un manteau.

— Ah ! s'écria l'homme en posant son regard sur Olivier et en esquissant aussitôt un mouvement de recul. Damnation ! marmotta l'étranger en enveloppant l'enfant d'un regard furieux.

— Je suis désolé, balbutia Olivier déconcerté par l'air sauvage de l'étrange individu.

— Le diable l'emporte ! murmura entre ses dents serrées l'homme qu'animait une sombre fureur. Dire que si j'avais eu le courage de prononcer le mot qu'il fallait, j'aurais pu me débarrasser de lui en une nuit !... Mort et malédiction sur toi, misérable avorton !

L'homme s'avança vers Olivier comme s'il voulait le frapper ; mais il tomba subitement sur le sol où il se tordit, l'écume à la bouche. Olivier regarda un instant se débattre ce fou — car il croyait que c'en était un — puis s'élança dans la maison pour demander du secours. Dès qu'il l'eut vu transporter à l'intérieur de l'hôtel, il prit le chemin du retour à une allure aussi vive que possible pour rattraper le temps perdu, en songeant avec beaucoup d'étonnement et un peu de crainte à la singulière attitude de l'inconnu.

Cet incident toutefois ne retint point longtemps sa pensée. De retour au cottage, d'autres soucis s'emparèrent de son esprit et en chassèrent toute préoccupation personnelle. L'état de Rose Maylie avait rapidement empiré, et dès le début de la nuit elle se mit à délirer. Un médecin qui résidait dans la localité ne quittait guère son chevet. Après un premier examen, il avait attiré Mme Maylie à part pour lui dire que la maladie était d'une nature des plus alarmantes.

— En réalité, avait-il ajouté, ce serait presque un miracle si elle se rétablissait.

Tard dans la soirée, M. Losberne arriva.

— C'est navrant! dit le bon docteur en se détournant; si jeune, si chère à tous!... Mais il y a bien peu d'espoir.

Rose était tombée dans un profond sommeil dont elle s'éveillerait pour se guérir et vivre ou pour leur dire adieu et mourir. Olivier et Mme Maylie restèrent tous deux à attendre, l'oreille aux aguets et sans oser parler durant des heures. Enfin, leurs oreilles attentives perçurent le bruit d'un pas qui s'approchait, et tous deux s'élancèrent instinctivement vers la porte au moment où M. Losberne entrait.

— Rose! s'écria la vieille dame. Répondez-moi vite, je puis tout supporter — tout, sauf l'attente. Ma chère petite! Elle est morte... elle va mourir!

— Non, s'écria vivement le docteur. Elle vivra encore des années pour faire votre bonheur.

Où l'on raconte l'entrée en scène d'un nouveau personnage, ainsi qu'une nouvelle aventure d'Olivier

Ce bonheur subit était presque trop grand. Étourdi par une annonce à laquelle il s'attendait si peu, Olivier ne pouvait ni pleurer ni prononcer une parole, ni se calmer. Ce fut seulement après une longue promenade à l'air paisible du crépuscule qu'un flot de larmes vint le soulager. Alors il s'éveilla à la joyeuse réalité, en même temps qu'il se sentait délivré du lourd fardeau d'angoisse qui avait tant pesé sur son cœur.

La nuit tombait quand il revint vers la maison chargé des fleurs qu'il avait choisies avec un soin particulier pour la chambre de la malade. Il suivait la route d'un pas alerte lorsqu'il entendit derrière lui le bruit d'une voiture qui approchait à toute vitesse.

Au moment où la voiture le dépassait comme une trombe, Olivier entrevit à l'intérieur un homme coiffé d'un bonnet de coton dont le visage ne lui était pas inconnu. Une seconde plus tard, le bonnet de coton se penchait à la portière et une voix de stentor commanda au cocher de s'arrêter. La même voix appela Olivier par son nom.

– Est-ce vous, Giles ? cria Olivier en s'élançant vers la voiture.

Giles sortait de nouveau son bonnet de coton dans l'intention de lui répondre, quand il fut tiré en arrière par un jeune gentleman qui occupait l'autre coin de la voiture et qui demanda d'une voix anxieuse quelles étaient les nouvelles.

— Un seul mot! cria-t-il, mieux ou plus mal?

— Mieux, beaucoup mieux, se hâta de répondre Olivier. M. Losberne a dit que tout danger était écarté.

Olivier jetait des regards pleins d'intérêt et de curiosité sur le nouveau venu. Celui-ci, âgé de vingt-cinq ans environ, avait une physionomie belle et franche. Sa ressemblance avec la vieille dame était si frappante qu'Olivier n'aurait pas eu grande difficulté à découvrir leur parenté si Harry Maylie n'y avait fait lui-même allusion.

Au cottage, Mme Maylie attendait son fils avec impatience.

— Mère, murmura le jeune homme, pourquoi ne m'avez-vous pas écrit plus tôt?

— Je l'ai fait tout de suite, répondit Mme Maylie, mais, après réflexion, j'ai résolu de garder la lettre jusqu'à ce que M. Losberne m'eût fait connaître son opinion.

— Mais pourquoi, dit le jeune homme, pourquoi avoir couru un tel risque?

— Harry, dit Mme Maylie, je souhaite que tu réfléchisses…

— Mère, je réfléchis depuis des années. Mes sentiments n'ont pas changé et ne changeront pas. Avant que je reparte, il faut que Rose m'entende.

— Elle t'entendra, dit Mme Maylie. Mais avant de placer tout ton bonheur sur cet enjeu, réfléchis un instant, mon cher enfant, à l'histoire de Rose, et considère l'influence que sa naissance mystérieuse peut avoir sur sa décision, en tenant compte de l'ardeur avec laquelle elle nous aime et de l'esprit d'abnégation dont elle fait montre en toutes circonstances.

— Que voulez-vous dire ?

— Je te laisse le soin de le découvrir tout seul, répondit Mme Maylie. Il faut que je retourne auprès d'elle.

Et pressant affectueusement la main de son fils, elle sortit rapidement de la pièce.

Le reste de la soirée s'écoula gaiement. Le docteur était plein d'entrain et Harry Maylie, bien que las et songeur pour commencer, ne put résister à la bonne humeur du docteur. Olivier se leva le lendemain tout ragaillardi. La mélancolie qui semblait revêtir toutes choses aux yeux inquiets du jeune garçon avait disparu comme par enchantement.

Un beau soir, au moment où l'ombre du crépuscule commençait à tomber, Olivier était assis devant sa fenêtre, penché sur ses livres. Il y était plongé depuis un bon moment déjà et, comme la journée avait été particulièrement étouffante et que le petit garçon avait beaucoup travaillé, on peut dire sans faire injure aux auteurs qu'il étudiait que sa lecture l'assoupit peu à peu.

Il existe une sorte de sommeil qui, tout en tenant le corps prisonnier, laisse à l'esprit une certaine perception de ce qui se passe alentour et lui permet d'errer à sa guise. Olivier savait parfaitement qu'il était dans sa petite salle d'étude, ses livres posés sur la table devant lui ; et cependant, il dormait. Soudain, la scène changea : l'atmosphère devint lourde et confinée, et, avec une sensation de terreur, il se crut de nouveau dans la maison du Juif. Le hideux vieillard était là, dans son coin habituel, et le désignait à un homme assis à côté de lui qui détournait la tête.

— Chut, mon ami, disait le Juif. C'est lui, à n'en pas douter.

— Lui ! semblait répondre l'autre homme. Pensiez-vous donc que j'avais pu me tromper ? Mille démons pourraient prendre son apparence que je le reconnaîtrais encore au milieu d'eux.

L'homme semblait prononcer ces mots avec une haine si sauvage que la terreur réveilla Olivier.

Dieu du ciel ! Qu'est-ce qui faisait battre son cœur à grands coups, lui ôtait la voix et paralysait tous ses membres ?... Là... là, derrière la fenêtre, si près de lui qu'il aurait pu le toucher, il vit le Juif qui fouillait la chambre du regard et dont les yeux rencontrèrent les siens. À côté de lui, blême de rage ou de frayeur – ou peut-être des deux – se tenait l'homme à la physionomie farouche qui l'avait accosté dans la cour de l'hôtel.

Cette vision ne dura qu'une seconde, l'espace d'un éclair, et les deux hommes disparurent. Mais ils avaient reconnu Olivier, et Olivier les avait reconnus.

Relation d'une importante conversation entre Rose et Harry Maylie

Rose se rétablissait rapidement. Elle avait quitté sa chambre ; elle pouvait sortir, et, en se mêlant de nouveau à la vie de famille, elle avait ramené la joie dans tous les cœurs. Un matin qu'elle était seule dans le petit salon, Harry Maylie entra et, après une légère hésitation, lui demanda la permission de l'entretenir un moment.

– Il me suffira de peu de temps, Rose, dit le jeune homme en approchant un siège. Ce que je vais vous dire, vous l'avez déjà deviné. Les espoirs les plus chers de mon cœur ne vous sont point inconnus, bien que mes lèvres ne vous les aient pas encore exprimés.

Pour toute réponse, elle inclina la tête et attendit en silence qu'il poursuivît.

— Rose, ma chère Rose, voilà des années que je vous aime. Je vous offre ce cœur qui est vôtre depuis si longtemps, et tout mon bonheur dépend des paroles avec lesquelles vous accueillerez cette offre.

— Votre attitude a toujours été noble et généreuse, dit Rose en dominant l'émotion qui l'agitait. Mais vous devez vous efforcer de m'oublier.

— Vos raisons, Rose ? dit Harry à voix basse. Les motifs de cette décision ?

— C'est un devoir qu'il me faut accomplir ; un devoir envers les autres et envers moi-même.

— Envers vous-même ?

— Je me dois à moi-même, pauvre fille sans famille et sans ressources, avec une tache sur mon nom, je me dois à moi-même de ne donner à vos amis aucune raison de croire que j'ai répondu par bas calcul à votre premier entraînement et que je me suis attachée à vous comme le boulet qui entraverait à jamais vos projets et vos espoirs d'avenir. Je vous dois — je dois aussi aux vôtres — d'empêcher votre ardeur et votre générosité de dresser un tel obstacle à votre carrière. L'avenir qui s'ouvre devant vous est des plus brillants. Tous les honneurs auxquels peuvent mener le talent et de hauts protecteurs vous sont réservés. Mais ces protecteurs sont hautains, et je ne voudrais ni frayer avec ceux qui méprisent la mère qui m'a donné le jour, ni être cause d'humiliation et d'insuccès pour le fils de celle qui a si bien remplacé cette mère auprès de moi. En un mot, dit la jeune fille en se détournant, il y a sur mon nom une de ces taches que le monde reporte sur des têtes innocentes. Je ne veux la partager avec personne, et c'est à moi seule qu'on pourra la reprocher.

— Un mot, Rose, ma chère Rose! s'écria Harry en se jetant à ses genoux. Si j'avais été moins… moins favorisé, selon le langage du monde, si une vie obscure et paisible avait été mon lot; si j'étais pauvre, malade, abandonné, vous seriez-vous détournée de moi? Ou la perspective de la fortune et des honneurs qui m'attendent est-elle la seule cause de ce scrupule?

— Oui, répondit Rose. Si votre destinée avait été différente, si j'avais pu être pour vous une aide et un appui dans une existence modeste, paisible et retirée, et non un obstacle à votre ascension dans une société que dirigent l'orgueil et l'ambition, je me serais épargné cette épreuve.

— Faites-moi une promesse, dit Harry. Je vous demande qu'un jour — mettons dans un an, mais peut-être beaucoup plus tôt — vous me laissiez de nouveau aborder ce sujet avec vous pour la dernière fois. Je déposerai à vos pieds ma situation et mes ressources, et, si vous persistez dans votre détermination présente, je ne chercherai en aucune manière à vous en faire changer.

— J'y consens, dit Rose. Ce ne sera qu'une épreuve

de plus ; mais peut-être serai-je plus forte pour la supporter.

Elle lui tendit de nouveau la main. Mais Harry saisit la jeune fille dans ses bras, posa ses lèvres sur son front pur et sortit vivement de la pièce.

Où le lecteur sera témoin d'un contraste qui n'est pas rare dans la vie matrimoniale

Assis dans le parloir de l'hospice, M. Bumble fixait d'un air chagrin le foyer maussade où, en cette journée d'été, ne brillait d'autre clarté que le reflet d'un pâle rayon de soleil renvoyé par sa surface froide et polie. M. Bumble avait épousé Mme Corney, et il était devenu l'économe de l'hospice. Un autre bedeau avait sa place, héritant à la fois du tricorne, de l'habit galonné et de la canne.

– Il y aura demain deux mois, soupira M. Bumble. Que cela semble loin déjà !

M. Bumble pouvait vouloir dire par là qu'une vie entière de bonheur s'était concentrée dans ce bref espace de temps. Mais le soupir... ah ! le soupir en disait long.

– Je me suis vendu, dit M. Bumble poursuivant le cours de ses réflexions. Je me suis vendu pour six cuillers à thé, une pince à sucre et un pot à lait, quelques meubles d'occasion et vingt livres sterling en espèces. Je me suis contenté de peu. C'est beaucoup trop bon marché !

— Bon marché ! cria une voix aiguë dans l'oreille de M. Bumble. Vous auriez été cher à n'importe quel prix ; et je vous ai payé assez cher comme cela, Dieu le sait !

M. Bumble se retourna et se trouva face à face avec sa digne moitié.

— Allez-vous rester là toute la journée à ronfler ? demandait Mme Bumble.

— Je resterai là aussi longtemps que je le jugerai bon, madame, répondit M. Bumble ; et, bien que je n'aie point ronflé jusqu'à présent, je ronflerai, bâillerai, éternuerai, rirai ou pleurerai selon mon bon plaisir, car c'est mon droit et ma prérogative.

— Votre prérogative ! répéta ironiquement Mme Bumble sur un ton d'indicible mépris.

— C'est le mot juste, madame, observa M. Bumble, la prérogative de l'homme étant de commander.

— Et quelle est la prérogative de la femme, au nom du ciel ? s'écria la veuve de feu M. Corney.

— Obéir, madame ! tonna M. Bumble. Votre malheureux défunt mari aurait dû vous l'enseigner ; et alors, peut-être serait-il encore vivant. Je souhaiterais qu'il le fût, le pauvre homme !

Jugeant d'un coup d'œil que le moment décisif était venu et que le prochain coup frappé pour la conquête de l'autorité dans le ménage entraînerait la victoire définitive, Mme Bumble n'eut pas plus tôt entendu cette allusion au mari disparu qu'elle s'effondra dans un fauteuil et, clamant que M. Bumble était une brute insensible, s'abandonna à un violent accès de larmes.

Mais les larmes n'avaient pas le pouvoir d'attendrir M. Bumble. Son cœur était à l'épreuve de l'eau. De même que le castor gagne à recevoir la pluie, M. Bumble retrouvait force et courage devant ce torrent de larmes, lesquelles étant une manifestation de faiblesse – par conséquent, une reconnaissance de son propre pouvoir – lui causaient un plaisir sensible. Il regarda sa digne épouse d'un air de profonde satisfaction et la pria d'un ton encourageant de pleurer le plus fort possible, cet exercice étant considéré par la Faculté comme éminemment favorable à la santé.

– Rien de mieux pour fortifier les poumons, laver le visage, faire travailler les yeux et adoucir le caractère, déclara M. Bumble. Ainsi, pleurez tout votre content.

Tout en débitant cette plaisanterie, M. Bumble décrocha son chapeau d'une patère, le planta de travers sur sa tête à la façon d'un homme qui a conscience d'avoir affirmé à propos son autorité, enfonça ses deux mains dans ses poches et s'avança vers la porte en se dandinant, l'air désinvolte et fanfaron.

Or, l'ex-Mme Corney avait essayé des larmes comme d'un moyen plus facile que les voies de fait; mais elle était toute prête à tâter de ce dernier procédé, ainsi que M. Bumble ne tarda pas à le découvrir.

La première preuve qu'il en eut fut un bruit caverneux que suivit immédiatement l'envol de son chapeau à l'autre bout de la pièce. Ayant par ces préliminaires découvert la tête de son époux, cette maîtresse femme le saisit à la gorge d'une main et de l'autre lui administra une pluie de taloches avec une vigueur et une dextérité singulières.

– Sortez d'ici, si vous ne voulez pas que j'emploie les grands moyens.

M. Bumble se leva d'un air piteux en se demandant quels pouvaient bien être les grands moyens, ramassa son chapeau et s'élança hors de la pièce, laissant l'ex-Mme Corney maîtresse du champ de bataille.

M. Bumble suivit une rue, puis une autre. Toutes ces émotions lui avaient donné soif; il passa devant un certain nombre de cabarets pour s'arrêter enfin dans une ruelle écartée, devant une taverne dont la salle presque vide ne contenait qu'un seul client. Il entra, commanda une consommation en passant devant le comptoir et pénétra dans la salle qu'il avait aperçue de la rue.

L'homme qui s'y trouvait déjà était grand et brun et portait un ample manteau. Il avait l'air d'un étranger, et ses traits fatigués, aussi bien que ses vêtements poussiéreux, donnaient à penser qu'il avait fait un long voyage.

Il arriva cependant, comme cela se passe couramment quand des inconnus se trouvent réunis dans ces circonstances analogues, que M. Bumble éprouvait de temps à autre la tentation violente et irrésistible de jeter un regard sur l'étranger ; et chaque fois qu'il y cédait, il détournait les yeux avec embarras en s'apercevant que l'étranger le regardait au même instant à la dérobée.

– Je crois vous avoir déjà vu, dit celui-ci. Vous avez été bedeau ici, n'est-ce pas ?

– En effet, fit M. Bumble assez surpris. Bedeau paroissial.

– C'est bien cela, dit l'autre en hochant la tête. C'est ainsi que je vous ai vu. Que faites-vous maintenant ?

– Je suis l'économe de l'hospice, répondit lentement M. Bumble d'un ton solennel pour prévenir de la part de l'inconnu toute tentative de familiarité.

– J'imagine que vous n'êtes pas moins soucieux de vos intérêts que vous ne l'étiez avant ? reprit l'étranger qui fixa son regard aigu dans les yeux que M. Bumble ouvrait avec surprise en entendant cette question. À présent, écoutez-moi. Je suis venu aujourd'hui dans cette ville pour tâcher de vous trouver, et, par une de ces chances que le diable envoie parfois à ses amis, vous arrivez dans cette salle où j'étais précisément en train de penser à vous. J'ai besoin d'obtenir de vous un renseignement. Je ne demande pas que vous me le donniez pour rien, si peu important qu'il soit. Pour commencer, prenez toujours ça.

Tout en parlant, il poussa doucement deux souverains à travers la table. Quand M. Bumble les eut soigneusement examinés et les eut mis dans la poche de son gilet avec beaucoup de satisfaction, l'inconnu reprit :

– Cherchez dans votre mémoire. C'était... voyons un peu... il y a eu douze ans l'hiver dernier. Cela s'est passé au *workhouse*. Un garçon y est né.

– Beaucoup de garçons y sont nés, observa M. Bumble d'un air découragé.

– La peste étouffe les autres ! s'écria l'étranger. Un seul m'intéresse : un gamin doucereux à mine de papier mâché qui a été en apprentissage ici, chez un marchand de cercueils (plût au ciel qu'il eût fabriqué son propre cercueil et qu'il l'eût vissé sur lui-même !) et qui s'est ensuite sauvé à Londres, à ce que l'on a supposé.

– Ah ! vous voulez dire Olivier !... le jeune Twist ! dit M. Bumble. Bien sûr que je m'en souviens ! Jamais je n'ai vu un petit vaurien plus têtu, plus...

– Ce n'est pas de lui que je veux entendre parler,

car j'en sais suffisamment sur son compte, dit l'étranger, coupant M. Bumble au beau milieu de sa tirade sur les vices d'Olivier. C'est d'une femme, la vieille sorcière qui a soigné la mère. Où est-elle ?

— Elle est morte l'hiver dernier, répondit le bedeau.

En recevant cette information, l'étranger commença par le regarder fixement ; puis ses yeux, sans se détourner, prirent peu à peu une expression vague et absente et il parut s'absorber dans ses réflexions. Il se leva ensuite comme pour sortir. Mais M. Bumble vit tout de suite que l'occasion s'offrait de tirer un parti lucratif d'un secret dont sa chère moitié était en possession. Ayant rassemblé vivement ses souvenirs, il informa l'étranger d'un air de mystère que, peu avant la mort de la vieille femme, une personne était demeurée seule un moment avec elle et que cette personne pourrait, croyait-il, apporter quelque lumière sur le sujet qui préoccupait l'étranger.

— Comment pourrais-je la trouver ? demanda celui-ci.

— Par mon intermédiaire, répondit M. Bumble.

— Quand ? s'écria vivement l'étranger.

— Demain, répondit M. Bumble.

— À neuf heures du soir, dit l'étranger en prenant un bout de papier où il inscrivit d'une écriture qui trahissait son agitation l'adresse d'une maison au bord de la rivière. Amenez-la-moi à cet endroit. Je n'ai pas besoin de vous recommander le secret. C'est votre intérêt de ne rien dire.

En regardant l'adresse, le fonctionnaire de la paroisse remarqua qu'elle ne portait point de nom.

– Quel nom demanderai-je?
– Monks, répondit l'homme.

Et il s'éloigna à grandes enjambées.

Où l'on trouvera relatée l'entrevue nocturne de Monks avec M. et Mme Bumble

C'était une morne, lourde et grise soirée d'été. Les nuages, vaste masse de vapeurs denses et noirâtres, semblaient annoncer un violent orage quand M. et Mme Bumble, tournant le coin de la rue principale, dirigèrent leur course vers un petit groupe de maisons croulantes, dispersées dans un terrain marécageux, au bord de la rivière. Tous deux étaient enveloppés de vieux manteaux râpés, destinés sans doute à les protéger à la fois de la pluie et des regards indiscrets.

La réputation de ce quartier ne pouvait être qualifiée de douteuse, car il était connu depuis longtemps comme le repaire de véritables malfaiteurs qui, bien que faisant semblant de travailler, vivaient en réalité de vols et de rapines. Il n'y avait là que de simples masures, les unes faites de briques grossièrement empilées, les autres de morceaux de bois vermoulu provenant de bateaux démolis; elles s'élevaient sans ordre, dans n'importe quel sens, plantées pour la plupart à quelques pieds de la rivière.

Au milieu de cet assemblage de bicoques, s'élevait le long de la rivière un grand bâtiment dont les étages supérieurs s'avançaient au-dessus de l'eau. C'était une ancienne manufacture qui, jadis, avait dû fournir du travail aux habitants du voisinage; mais il y avait beau temps qu'elle tombait en ruine. Les rats, les vers et l'humidité avaient abîmé et pourri les pilotis qui la soutenaient, et une bonne partie de l'édifice s'était déjà effondrée dans l'eau. C'est devant ce bâtiment en ruine que le digne couple s'arrêta, tandis que le premier grondement de tonnerre se répercutait dans l'espace et que la pluie commençait à tomber avec violence.

M. Bumble, qui avait considéré la maison d'un air lugubre, était sur le point d'exprimer ses doutes quant à l'opportunité de poursuivre plus loin l'entreprise, mais il en fut empêché par l'apparition de Monks qui venait d'ouvrir une porte à côté d'eux et leur faisait signe d'entrer.

Il regarda ses deux compagnons avec une sorte de sourire moitié ironique, moitié menaçant, leur fit signe de le suivre et traversa rapidement quelques pièces assez vastes, mais basses de plafond. Il monta le premier à l'échelle qui menait à une pièce où il se hâta de fermer le volet de la fenêtre ; puis il abaissa une lanterne qui pendait par une corde d'une poulie fixée à une grosse poutre et projetait une faible lumière sur une vieille table et trois chaises qui étaient placées en dessous.

— Et maintenant, dit Monks quand ils se furent assis tous les trois, plus tôt nous aborderons notre affaire, et mieux cela vaudra.

Monks demanda quelle somme voulait Mme Bumble en échange de ses révélations.

— Donnez-moi vingt-cinq livres en or, dit la femme, et je vous dirai tout ce que je sais. Pas avant.

— Vingt-cinq livres ! s'exclama Monks en reculant. Pour un méchant secret qui peut n'avoir aucune valeur et qui est resté enterré pendant plus de douze ans !

— Ce sont choses qui se conservent et qui, de même que le bon vin, doublent souvent de valeur avec les années, repartit la surveillante.

— Et si je donne mon argent pour rien ? fit Monks hésitant.

— Vous pourrez facilement le reprendre, dit la surveillante, je ne suis qu'une femme seule et sans protection.

— Pardon, ma chère, vous n'êtes pas seule et sans

protection, risqua M. Bumble que la crainte faisait trembler. Je suis là, moi, ma chère. Et d'autre part (les dents de M. Bumble s'entrechoquaient) M. Monks est un homme trop bien élevé pour user de violence envers des fonctionnaires de la paroisse.

— Vous êtes un imbécile, dit simplement Mme Bumble, et vous feriez mieux de tenir votre langue.

Monks enfonça la main dans une poche de côté, en tira un sac de toile, compta vingt-cinq souverains sur la table et les poussa vers Mme Bumble.

— Voilà, dit-il. Racontez-moi votre histoire.

— Quand cette femme que nous appelions la vieille Sally mourut, commença Mme Bumble, j'étais seule avec elle. Elle me parla d'une jeune femme qui avait mis un enfant au monde, quelques années auparavant dans cette même salle, et, qui plus est, dans le lit même où elle agonisait. Le nouveau-né était l'enfant que vous lui avez nommé hier soir, dit la surveillante, désignant négligemment son mari d'un coup de tête. Quant à la mère, la garde lui avait volé ce qu'elle avait. Elle a pris sur son cadavre à peine refroidi ce que cette mère l'avait priée à son dernier soupir de conserver pour son enfant.

— L'a-t-elle vendu? demanda Monks avec une impatience fébrile. L'a-t-elle vendu?... Où?... Quand?... À qui?... Il y a combien de temps?...

— Comme elle me disait à grand-peine ce qu'elle avait fait, la vieille Sally retomba en arrière, et elle expira.

— Sans en dire davantage ? s'exclama Monks d'une voix étouffée qui n'en paraissait que plus furieuse. C'est un mensonge ! Je ne me laisserai pas duper. Quand je devrais vous tuer tous les deux, je saurai ce que c'était.

— Elle n'a pas prononcé une parole de plus, dit Mme Bumble, nullement émue en apparence par la violence de l'étranger (on n'aurait pu en dire autant de son époux). Quand je vis qu'elle était morte, je m'aperçus que sa main serrait un chiffon de papier sale. C'était une reconnaissance d'un prêteur sur gages. La reconnaissance arrivait à échéance deux jours plus tard. Jugeant, moi aussi, que le colifichet pourrait présenter par la suite quelque intérêt, j'allai chez le prêteur et le dégageai.

— Où est-il en ce moment ? demanda Monks vivement.

— Ici même, répondit-elle.

Comme si elle était heureuse de s'en débarrasser, Mme Bumble jeta sur la table un petit sac en peau à peine assez grand pour une montre. Monks s'en empara, l'ouvrit précipitamment d'une main tremblante, et y trouva un médaillon contenant deux boucles de cheveux et une alliance en or.

— À l'intérieur de l'anneau, on voit un prénom gravé «Agnès», puis un espace vide ménagé pour le nom, puis une date qui remonte, ai-je découvert, à un peu moins d'un an avant la naissance de l'enfant.

— Et c'est tout? demanda Monks après avoir examiné le contenu de l'étui avec une curiosité avide.

— C'est tout, répondit-elle.

Monks poussa brusquement la table de côté et, tirant un anneau de fer fixé au plancher, souleva une large trappe aux pieds de M. Bumble, ce qui fit reculer celui-ci avec beaucoup de précipitation.

— Regardez, dit Monks en faisant descendre la lanterne dans l'ouverture.

Mme Bumble s'approcha du bord, et son époux lui-même, poussé par la curiosité, se risqua à l'imiter. La rivière trouble, gonflée par la pluie d'orage, coulait tumultueusement au-dessous d'eux, et tous les autres bruits se perdaient dans le fracas des flots tourbillonnants qui battaient les pilotis verdâtres et limoneux. Monks tira de son vêtement le petit étui qu'il avait glissé hâtivement contre sa poitrine, y attacha un morceau de plomb qui traînait par terre et jeta le tout dans la rivière. Le paquet tomba tout droit, pénétra dans l'eau avec un clapotement presque imperceptible et disparut.

— Voilà! dit Monks, fermant la trappe qui retomba lourdement dans sa première position. S'il arrive à la mer de rendre ses morts, comme le disent les livres, elle conserve l'or et l'argent pour elle, et elle gardera aussi cette bagatelle. À présent, nous n'avons plus rien à nous dire.

Quelques respectables personnages, déjà connus du lecteur, font leur réapparition, et l'on voit Monks et le Juif tenir conseil

Vingt-quatre heures après l'entretien où les trois dignes personnages mentionnés dans le chapitre précédent avaient arrangé de la façon que l'on sait leur petite affaire, M. William Sikes s'éveillait d'un léger somme et s'enquérait de l'heure qu'il était. Le cambrioleur était étendu sur son lit, enveloppé dans son pardessus blanc en guise de robe de chambre, et montrant des traits que ne contribuaient pas à embellir une pâleur cadavéreuse due à la maladie, un bonnet de nuit malpropre et une barbe de huit jours. Le chien était posté près du lit ; tantôt il fixait son maître d'un œil morne, tantôt il dressait les oreilles et faisait entendre un grondement sourd si quelque bruit attirait son attention. Assise près de la lucarne, une femme s'occupait activement à rapiécer un vieux gilet qui faisait partie du costume habituel du bandit. Pâle, amaigrie par les veilles et les privations, on aurait difficilement reconnu en elle la Nancy qui a déjà figuré dans ce récit.

Nancy, qui était vraiment à bout de forces, renversa la tête sur le dossier de son siège et perdit connaissance avant que Sikes eût eu le temps de proférer quelques-uns des jurons appropriés dont il avait coutume d'agrémenter ses menaces en pareille occurrence. Ne sachant trop que faire dans ce cas particulier, M. Sikes essaya quelques imprécations, puis, comme ce procédé demeurait inefficace, il appela au secours.

– Que se passe-t-il donc ici, mon cher ? demanda Fagin en ouvrant la porte.

– Tâche de t'occuper un peu de cette fille, répondit Sikes avec impatience, et ne reste pas là planté à bavarder et faire des grimaces.

Avec une exclamation de surprise, Fagin se précipita au secours de Nancy, pendant que M. Jack Dawkins (autrement dit l'Astucieux Renard), qui avait suivi son vénérable maître, posait vivement par terre le ballot dont il était chargé, arrachait une bouteille des mains de master Charley Bates – qui entrait sur ses talons –, la débouchait d'un coup de dents et versait une partie de son contenu dans la bouche de la patiente, non sans en avoir avalé d'abord une lampée afin d'éviter toute erreur.

– Donne-lui un peu d'air avec le soufflet, Charley,

dit M. Dawkins. Toi, Fagin, tape-lui dans les mains pendant que Bill va lui desserrer ses jupons.

Ces secours combinés, administrés avec une grande énergie — spécialement par master Bates qui remplissait son rôle comme s'il s'agissait d'une bonne plaisanterie —, ne tardèrent pas à produire l'effet désiré. Nancy recouvra peu à peu ses sens ; elle gagna ensuite en chancelant la chaise qui était près du lit et se cacha la figure dans l'oreiller, laissant Sikes tenir tête à ses visiteurs.

— Il faut que tu me donnes ce soir un peu de galette, dit-il.

— Je n'ai pas un penny sur moi, répondit le Juif.

— Mais tu en as des masses chez toi, riposta Sikes, et il m'en faut. Ce qui est clair, c'est qu'il me faut de l'argent ce soir.

— Bon, bon ! dit Fagin en soupirant. Je t'enverrai le Renard tout à l'heure.

— Ah ! non, pas de ça ! protesta M. Sikes. Nancy ira chercher l'argent ; c'est plus sûr. Pendant ce temps-là, je me recoucherai pour faire un somme.

Après beaucoup de contestations et de marchandages, Fagin rabattit l'avance demandée de cinq livres à trois livres quatre shillings six pence, tout en protestant solennellement à maintes reprises qu'il ne lui resterait plus après cela que dix-huit pence pour faire marcher la maison. Le Juif prit alors congé de son cher ami et s'en retourna chez lui, accompagné de Nancy et des garçons.

Arrivés à destination, Fagin et ses compagnons trouvèrent Toby Crackit et M. Chitling engagés dans leur quinzième partie de *cribbage*.

– Vous devriez être déjà partis. Il va être dix heures, et vous n'avez encore rien fait!

Obéissant à cette injonction, les trois garçons firent un signe de tête à Nancy, prirent leurs chapeaux et sortirent.

– À présent, dit Fagin quand ils eurent quitté la pièce, je vais te chercher de l'argent, Nancy. Chut! fit-il. Qui est-ce? Écoute… Bah! murmura-t-il comme si cette interruption le contrariait, c'est le visiteur que j'attendais. Je l'entends qui descend l'escalier. Tant qu'il sera là, Nancy, pas un mot sur l'argent! Il ne va pas rester longtemps, ma chère… peut-être pas plus de dix minutes.

Posant son doigt décharné sur ses lèvres, le Juif se dirigea vers la porte avec une chandelle, tandis qu'un pas d'homme résonnait dans l'escalier; il l'atteignit en même temps que le visiteur qui, entrant vivement, se trouva auprès de Nancy avant même d'avoir remarqué sa présence. C'était Monks.

– Ce n'est qu'une de mes jeunes pupilles, dit Fagin remarquant que Monks reculait à la vue de cette inconnue. Ne bouge pas, Nancy.

Celle-ci se rapprocha de la table et, après avoir jeté sur Monks un coup d'œil indifférent, détourna les yeux ; mais quand il eut tourné les siens vers Fagin, elle lança à la dérobée vers le nouveau venu un nouveau regard, celui-là si pénétrant, si scrutateur, que si un témoin s'était trouvé là pour observer ce changement d'expression il aurait à peine pu croire que ces deux regards avaient été lancés par la même personne.

— Avez-vous des nouvelles ? questionna Fagin.

— Des nouvelles importantes. Je suis arrivé à temps, cette fois. Je voudrais vous dire deux mots.

Le Juif indiqua d'un geste l'étage supérieur et emmena Monks hors de la pièce. Avant que le bruit de leurs pas eût cessé de résonner à travers la maison, Nancy avait ôté rapidement ses souliers, puis elle se glissa hors de la pièce et disparut dans l'obscurité.

La pièce demeura déserte un bon quart d'heure ; puis la jeune fille rentra doucement du même pas de fantôme. Presque aussitôt, on entendit les deux hommes qui descendaient l'escalier. Monks gagna directement la rue, et le Juif remonta chercher son argent. Quand il reparut, Nancy remettait son chapeau et son châle comme si elle se disposait à partir. Fagin compta la somme en poussant un soupir à chaque pièce qu'il lui mettait dans la main, et ils se séparèrent sans plus de conversation, en échangeant un simple bonsoir.

Quand Nancy fut dans la rue, elle s'assit sur le pas d'une porte d'un air tout à fait désorienté, comme si elle était hors d'état de continuer sa route. Puis elle se leva soudain et s'élança dans une direction opposée à celle du logement où Sikes attendait son retour, accélérant sans cesse son allure, qui finit par se transformer en une course folle.

Elle arriva au lieu de sa destination. C'était une pension de famille dans une rue paisible, mais élégante, des environs de Hyde Park. Comme la lumière brillante de la lanterne placée au-dessus de la porte lui apparaissait, onze heures sonnèrent. Nancy avait ralenti le pas d'un air irrésolu, comme si elle hésitait à avancer ; mais la sonnerie de l'horloge la décida, et elle pénétra dans le vestibule d'entrée. La loge du portier était vide. Elle regarda autour d'elle d'un air embarrassé, puis se dirigea vers l'escalier.

— Qui faut-il annoncer ? demanda le valet.

— Dites qu'une personne demande instamment à parler en particulier à miss Maylie, dit Nancy.

Une étrange entrevue qui fait suite au précédent chapitre

Quand elle entendit un pas léger approcher de la porte opposée à celle par laquelle on l'avait introduite, le sentiment de sa honte l'accablant, Nancy eut un mouvement de recul.

– Asseyez-vous, dit Rose. En vérité, je serai heureuse de vous aider si je le puis.

– Non, mademoiselle, laissez-moi debout, et ne me parlez pas avec cette douceur avant de savoir à qui vous avez affaire. C'est moi qui ai ramené de force le petit Olivier chez le vieux Fagin, le soir où il est sorti de la maison de Pentonville. Je suis cette misérable fille dont on vous a parlé et qui vit au milieu de voleurs.

– Quelles choses affreuses me racontez-vous là ? dit Rose en s'écartant involontairement de son étrange visiteuse.

– Oh ! ma chère demoiselle, s'écria Nancy, remerciez à genoux le ciel qui vous a donné des amis pour vous soigner et vous protéger pendant votre enfance ; remerciez-le de ce que vous n'ayez pas eu à vivre avec le froid, la faim, au milieu des disputes, des scènes d'ivrognerie – ou pire encore… Je me suis échappée ce soir pour venir vous répéter des choses que j'ai entendues ; et si ceux que je viens de quitter savaient où je suis, ils me tueraient sûrement. Connaissez-vous un homme du nom de Monks ?

— Non, dit Rose.

— En tout cas, lui vous connaît, répliqua Nancy. Il savait que vous étiez ici. C'est parce que je l'ai entendu indiquer votre adresse que j'ai pu arriver jusqu'à vous.

— Je n'ai jamais entendu ce nom, dit Rose.

— Sans doute celui qu'il se donne n'est-il pas le sien, reprit Nancy. Je m'en doutais déjà. Il y a quelque temps, peu après qu'Olivier eut été introduit dans votre maison, lors du vol, j'ai surpris une conversation tenue dans l'obscurité entre Fagin et cet individu dont je me méfiais. Ce que j'entendis m'apprit que Monks avait vu Olivier par hasard avec deux de nos gamins, le jour où nous l'avons perdu pour la première fois, et avait aussitôt reconnu en lui un enfant qu'il recherchait pour une raison que je n'ai pu saisir. Il fut entendu entre lui et Fagin que, si l'on rattrapait Olivier, Fagin recevrait une certaine somme et qu'il recevrait plus encore s'il faisait de l'enfant un voleur, ce que Monks souhaitait particulièrement.

— Mais pour quelle raison ? demanda Rose.

— Tandis que j'écoutais dans l'espoir de le découvrir, Monks a aperçu mon ombre sur le mur, et peu de gens auraient été assez lestes pour s'échapper à temps. J'y réussis, cependant, et je ne l'ai plus revu jusqu'à hier soir. Il est revenu, et tous deux sont montés à l'étage au-dessus, et moi, bien enveloppée pour ne pas être trahie par mon ombre, j'ai écouté de nouveau ce qu'ils disaient. Les premiers mots de Monks furent ceux-ci : « Les seules preuves de l'identité du petit sont maintenant au fond de la rivière, et la vieille sorcière qui les a reçues de la main de la mère pourrit dans son cercueil. » Alors, ils se sont mis à rire et ont dit qu'il n'avait pas perdu son temps, et Monks, continuant à parler de l'enfant d'un air farouche, a dit que, bien qu'il se fût assuré sans risque l'argent du jeune drôle, il aurait préféré néanmoins l'avoir de l'autre façon. « Quelle belle réponse à faire à l'orgueilleux défi contenu dans le testament du père, a-t-il ajouté, que de traîner le fils de prison en prison et de le faire pendre finalement pour un crime notoire ! »

— Que me racontez-vous là ? s'écria Rose.

— La pure vérité, mademoiselle. Puis Monks déclara que s'il pouvait satisfaire sa haine en supprimant l'enfant sans risquer lui-même la potence, il le ferait volontiers ; mais comme c'était impossible, il était décidé à ne jamais le perdre de vue ; et que si l'autre cherchait à tirer avantage de sa naissance et de son histoire, lui, Monks, saurait y mettre bon ordre. « En résumé, Fagin, a-t-il conclu, vous n'imaginez pas les pièges que je suis prêt à tendre à mon jeune frère Olivier. »

— Son frère ! s'exclama Rose.

— Ce sont ses propres paroles, dit Nancy. Et ce n'est pas tout : comme il parlait de vous et de l'autre dame, il a remarqué que c'était une satisfaction de penser que vous donneriez des mille et des cents pour connaître l'histoire de votre petit épagneul à deux pattes. Mais il se fait tard, et je dois regagner mon logis.

— Pourquoi iriez-vous retrouver les compagnons que vous me dépeignez sous des couleurs si effrayantes ? On vous trouvera un abri où vous serez en sécurité.

— Je préfère m'en retourner, dit Nancy, parce que — comment dire cela à une jeune fille innocente ? –, parce que parmi les hommes dont je vous ai parlé, il en est un, le pire de tous, que je ne puis me résoudre à quitter ; non, pas même pour échapper à la vie que je mène. Je sais que vous me laisserez partir parce que je me suis confiée à votre bonté sans vous demander en retour une seule promesse.

— Alors, quelle utilité peut avoir la communication que vous m'avez faite ? dit Rose. Ce mystère demande à être éclairci, sinon, comment la confidence que je viens d'en recevoir peut-elle être profitable à Olivier ?

— Vous devez avoir dans votre entourage un homme bienveillant et discret à qui vous pourrez confier ce secret et qui vous aidera de ses conseils, répondit Nancy.

— Mais où me sera-t-il possible de vous trouver, si j'ai besoin de vous ? demanda Rose.

— Voulez-vous me promettre que mon secret sera strictement gardé et que vous viendrez seule, ou simplement accompagnée de la personne avec qui vous le partagerez, et en outre que je ne serai ni surveillée ni suivie ?

— Je vous en donne ma parole.

— Tous les dimanches, depuis onze heures du soir jusqu'à ce que l'horloge sonne minuit, je me promènerai sur le Pont de Londres, répondit Nancy sans hésitation.

— Attendez un peu, dit Rose vivement en voyant Nancy gagner la porte. Réfléchissez encore à votre existence actuelle et à l'occasion qui se présente à vous d'y échapper. Je désire tant vous être utile !

— Le plus grand service que vous pourriez me rendre, mademoiselle, dit Nancy en se tordant les mains, serait de m'ôter la vie en ce moment, car j'ai éprouvé ce soir plus de chagrin en pensant à ce que je suis que je n'en avais ressenti jusqu'à ce jour. Dieu vous bénisse, ma chère demoiselle, et qu'Il répande autant de bénédictions sur votre tête que j'ai accumulé de honte sur la mienne !

Là-dessus, la malheureuse sortit en sanglotant tout haut, tandis que Rose Maylie, accablée par cet étrange entretien qui lui faisait l'effet d'un bref cauchemar, se laissait tomber dans un fauteuil et tâchait de rassembler ses pensées.

Qui contient quelques nouvelles découvertes et montre que les surprises, de même que les malheurs, n'arrivent jamais seules

La situation dans laquelle se trouvait Rose était singulièrement délicate. Animée du désir ardent de pénétrer le mystère dont l'histoire d'Olivier était enveloppée, elle devait d'autre part respecter la confiance que la malheureuse femme avec qui elle venait de s'entretenir avait placée en sa jeunesse et en son innocence.

Rose et ses compagnons se proposaient de ne rester que trois jours à Londres avant de partir passer plusieurs semaines sur un point éloigné de la côte. Il était maintenant minuit. Quelle détermination Rose pouvait-elle prendre et exécuter dans un délai de quarante-huit heures ?

M. Losberne avait accompagné la jeune fille et sa tante, et devait rester à Londres pendant ces deux jours. Mais Rose connaissait assez le caractère impétueux de l'excellent homme pour oser lui confier son secret. Les mêmes raisons lui commandaient d'user de la plus grande circonspection pour faire cette communication à Mme Maylie, dont le premier mouvement serait d'en conférer avec le docteur. Un moment, Rose eut envie de demander assistance à Harry ; mais au souvenir de leur dernière séparation, elle jugea que ce serait de la faiblesse de sa part de le rappeler, alors que, peut-être (et cette pensée lui fit monter les larmes aux yeux), il commençait à l'oublier et à vivre heureux loin d'elle.

Agitée par ces réflexions contradictoires, Rose passa une nuit inquiète et sans sommeil. Le lendemain, elle finit, en désespoir de cause, par décider de demander conseil à Harry. Elle avait bien pris vingt fois la plume et l'avait reposée autant de fois, quand Olivier, qui était sorti avec M. Giles, se précipita dans la pièce, tout essoufflé.

— J'ai vu le gentleman, le gentleman qui a été si bon pour moi! M. Brownlow dont je vous ai si souvent parlé. Il descendait de voiture et entrait dans une maison. Je ne lui ai point parlé ; je n'ai pas pu, parce qu'il ne m'avait pas vu et que je tremblais si fort que je n'ai pas été capable de courir pour le rejoindre. Mais Giles a demandé pour moi s'il demeurait dans cette maison, et on lui a répondu que oui. Tenez, dit Olivier en dépliant un bout de papier, c'est là qu'il habite.

Rose lut l'adresse qui était celle d'une maison de Craven Street, dans le Strand, et elle prit rapidement la résolution de mettre cette circonstance à profit.

Un peu moins de cinq minutes après, Rose et lui étaient sur le chemin de Craven Street. Arrivés à destination, Rose laissa Olivier dans la voiture sous prétexte de préparer le vieux monsieur à le recevoir et, remettant sa carte au domestique, demanda si elle pouvait voir M. Brownlow pour une affaire urgente. Le domestique revint bientôt lui dire de monter, et miss Maylie l'ayant suivi dans une pièce du premier étage se trouva en présence d'un vieux monsieur à l'expression affable, vêtu d'un habit vert bouteille. À peu de distance de celui-ci était assis un autre vieux monsieur qui n'avait rien de particulièrement affable ; il portait une culotte de nankin et des guêtres, et serrait des deux mains une forte canne sur laquelle reposait son menton.

– Monsieur Brownlow, je suppose ? dit Rose.

– Parfaitement, dit M. Brownlow ; et voici mon ami, M. Grimwig.

– Je vais beaucoup vous surprendre, je n'en doute pas, dit Rose. Mais vous avez témoigné naguère beaucoup de bienveillance et de sympathie à un enfant qui m'est très cher. Vous vous rappelez Olivier Twist ?…

– Un mauvais sujet ! J'en mangerais ma tête, grogna M. Grimwig.

– Ne faites pas attention à mon ami, miss Maylie, dit M. Brownlow. Voulez-vous me communiquer les nouvelles que vous avez de ce malheureux enfant ? J'ai épuisé tous les moyens en mon pouvoir pour tâcher de le retrouver, et depuis mon départ d'Angleterre, l'impression que j'avais eue tout d'abord qu'il m'avait trompé et volé à l'instigation de ses anciens associés s'est trouvée considérablement ébranlée.

Rose conta alors en peu de mots, d'une façon simple et naturelle, toutes les aventures d'Olivier depuis qu'il avait quitté M. Brownlow, réservant pour un entretien privé les révélations de Nancy, et concluant par l'assurance que le seul chagrin de son protégé durant les mois qui venaient de s'écouler avait été de ne pouvoir retrouver son premier protecteur et ami.

– Loué soit le ciel ! dit M. Brownlow. Mais vous ne m'avez pas dit où il était, miss Maylie.

– Il attend dans la voiture, à la porte, répondit Rose.

– À la porte de chez moi ! s'exclama M. Brownlow.

Ce disant, il se précipita hors de la pièce, dégringola l'escalier, sauta sur le marchepied, puis dans la voiture sans ajouter un seul mot. Il reparut en compagnie d'Olivier que M. Grimwig accueillit avec beaucoup de bonne grâce.

– Il y a quelqu'un ici qu'il convient de ne pas oublier, dit M. Brownlow en tirant la sonnette.

La vieille femme de charge se hâta de répondre à cet appel. Olivier courut se jeter à son cou.

– Dieu me bénisse ! s'écria la digne femme en le serrant dans ses bras ; c'est mon cher petit garçon ! Je savais qu'il reviendrait... j'en étais sûre, dit Mme Bedwin sans le lâcher.

Les laissant tous deux à leurs effusions, M. Brownlow conduisit Rose dans une pièce voisine où la jeune fille lui fit le récit complet de son entrevue avec Nancy. Rose lui dit aussi les raisons qui l'avaient empêchée de prendre son ami M. Losberne comme confident dès le premier instant. M. Brownlow jugea qu'elle avait agi avec prudence et se chargea volontiers d'avoir à ce sujet une grave conférence avec l'excellent docteur. L'on convint que M. Brownlow se présenterait à l'hôtel le soir même, à huit heures, et que, dans l'intervalle, Mme Maylie serait mise au courant avec ménagement de tout ce qui s'était passé. Ces préliminaires conclus, Rose et Olivier retournèrent à l'hôtel.

Rose ne s'était nullement exagéré le courroux du bon docteur. Il n'eut pas plus tôt entendu l'histoire de Nancy qu'il lança un torrent d'anathèmes et d'imprécations.

— Que diable peut-on faire? demanda le bouillant docteur. Nous faudra-t-il voter une adresse de remerciements à ces bandits des deux sexes pour leur bienveillante conduite à l'égard d'Olivier?

— Pas exactement, répondit en riant M. Brownlow. Mais nous devons agir avec mesure et circonspection.

— Mesure et circonspection! s'exclama le docteur. Moi, je les enverrais tous au...

— Inutile de préciser, coupa M. Brownlow. Demandez-vous seulement si, en les envoyant là ou ailleurs, nous servirions le but que nous avons en vue.

— Quel but ? demanda le docteur.

— Découvrir la parenté d'Olivier et tâcher de reprendre l'héritage dont il a été frustré, si cette histoire est exacte. Il est évident que nous aurons la plus grande difficulté à sonder ce mystère si nous ne réduisons d'abord à merci le dénommé Monks ; et cela ne peut se faire que par stratagème, en s'assurant de sa personne lorsqu'il n'est point protégé par cette racaille. Car supposez qu'on le fasse arrêter, nous n'avons pas de preuve à fournir contre lui. Avant que nous puissions dresser un plan d'action précis, il faut revoir cette fille pour nous assurer qu'elle consentira à nous faire connaître ce Monks, en lui certifiant, bien entendu, que nous ne le livrerons pas à la justice. Nous sommes aujourd'hui mardi ; on ne peut la revoir avant dimanche prochain ; je propose donc que, dans l'intervalle, nous restions parfaitement tranquilles et gardions le secret sur cette affaire, même vis-à-vis d'Olivier.

Bien que M. Losberne accueillît avec une grimace une proposition qui obligeait à une attente de cinq longues journées, il fut forcé de reconnaître qu'il ne voyait pour l'instant aucun autre parti à prendre ; et comme Mme Maylie et Rose se rangèrent toutes deux avec beaucoup de fermeté du côté de M. Brownlow, la proposition de celui-ci fut adoptée à l'unanimité. Et Harry Maylie et M. Grimwig furent ajoutés tous deux au comité.

– Bien entendu, nous resterons à Londres, dit Mme Maylie, tant qu'il y aura le moindre espoir de poursuivre cette enquête avec une chance de succès.
– Parfait! répondit M. Brownlow. Et maintenant, comme je lis sur vos figures le désir de me demander pourquoi je n'étais pas là dernièrement pour confirmer le récit d'Olivier et pourquoi j'avais quitté si soudainement le pays, laissez-moi stipuler qu'on ne m'adressera aucune question jusqu'au moment où je jugerai bon de les prévenir en racontant ma propre histoire. Sans quoi, je pourrais éveiller des espoirs destinés peut-être à ne pas se réaliser et accroître des déceptions et des difficultés déjà bien assez nombreuses.

Ayant donné des preuves certaines de génie, une vieille connaissance d'Olivier devient un personnage d'importance dans la métropole

Le soir même où Nancy était allée en toute hâte trouver Rose Maylie, se dirigeaient vers Londres, par là grand-route du nord, deux personnes sur lesquelles il est à propos d'attirer l'attention du lecteur.

C'étaient un homme et une femme. La femme était jeune, mais d'aspect et de carrure robustes, et c'était tant mieux pour elle, car elle avait à supporter le poids d'un lourd ballot attaché sur son dos. Son compagnon, lui, n'était pas encombré de bagages : au bout d'une canne qu'il portait sur l'épaule se balançait simplement un petit paquet d'apparence légère, enveloppé dans un gros mouchoir. Cette circonstance, ajoutée au fait que ses jambes étaient d'une longueur peu ordinaire, lui permettait aisément d'être en avance d'une demi-douzaine de pas sur sa compagne vers laquelle il se retournait parfois avec un mouvement de tête impatient, comme pour lui reprocher sa lenteur et l'engager à se hâter un peu plus. Ils arrivèrent ainsi à Highgate. Ayant franchi le viaduc, le voyageur s'arrêta et cria d'un ton impatient à sa compagne :

– Allons, arrive un peu ! Quelle lambine tu fais, Charlotte !

– C'est que j'ai une bonne charge sur le dos, dit la femme en le rejoignant, tout essoufflée par la fatigue. Est-ce encore loin ?

– Loin ! Mais nous y sommes, pour ainsi dire, répondit le voyageur aux longues jambes en tendant son doigt en avant. Regarde, voilà les lumières de Londres.

– Il y a bien encore deux bons milles, constata la femme d'un ton découragé.

– Ne cherche pas s'il y en a deux ou vingt, dit M. Claypole (car c'était lui). Amène-toi vivement.

Charlotte se remit à cheminer à ses côtés.

— Où penses-tu t'arrêter pour la nuit, Noé? lui demanda-t-elle cent pas plus loin.

— Comment pourrais-je le savoir? répondit Noé dont l'humeur semblait considérablement gâtée par la marche.

— Près d'ici, je l'espère, dit Charlotte.

— Non, du tout, pas près d'ici, riposta M. Claypole. Ne compte pas là-dessus. Ce serait malin, n'est-ce pas, de nous arrêter à la première auberge venue, aux portes de la ville, de façon que Sowerberry, s'il est à nos trousses, vienne y fourrer son vieux nez et nous ramène dans une charrette avec des menottes? railla M. Claypole. Non! Je veux ne m'arrêter que quand j'aurai découvert l'auberge la plus perdue de la capitale. Sapristi! c'est une veine pour toi que j'aie de la tête. C'est toi qui as pris l'argent dans le tiroir. Tu ne le nies pas, je pense.

— Je l'ai pris pour te le donner, mon cher Noé.

— L'ai-je gardé? demanda M. Claypole.

— Non, tu avais confiance en moi, et tu me l'as laissé porter, comme un bon garçon que tu es, dit la demoiselle en lui caressant le menton et en passant son bras sous le sien.

C'était exact en effet, mais il faut ajouter que, s'il avait donné à Charlotte une telle marque de confiance, c'est parce qu'il pensait que, dans le cas où ils seraient pris tous les deux, on trouverait l'argent sur sa compagne, ce qui lui permettrait, pour sa part, d'affirmer sa parfaite innocence et lui donnerait de fortes chances de se tirer de ce mauvais pas. Naturellement il jugea inutile d'entrer dans ces explications sur les mobiles de sa conduite ; et ils poursuivirent leur route, tendrement appuyés l'un sur l'autre.

Conformément à son plan plein de prudence, M. Claypole se trouva bientôt perdu dans le labyrinthe obscur des petites ruelles malpropres qui s'étendent entre Gray's Inn et Smithfield, formant un des quartiers les plus affreux et les plus sordides que le progrès ait laissé subsister au cœur de Londres. Noé Claypole se mit à errer à travers ces rues en traînant Charlotte derrière lui. Enfin, il s'arrêta devant un de ces établissements qui était encore plus humble et plus malpropre que tous ceux qu'il avait vus jusque-là.

— *Aux Trois Boiteux*, dit Noé. Jolie enseigne, ma foi.

Il poussa la porte grinçante avec son épaule et entra, suivi de sa compagne. Il n'y avait personne dans la buvette, sauf un jeune Juif qui, les deux coudes appuyés sur le comptoir, lisait un journal malpropre. Il dévisagea Noé qui, lui-même, le dévisagea.

— Nous voudrions passer la nuit ici.

— Je ne suis bas zertain qu'il y ait de la blace, répondit Barney, mais je vais debander.

— Montrez-nous d'abord la salle à manger et donnez-nous un bout de viande froide et une goutte de bière, voulez-vous ? dit Noé.

Barney répondit à ce désir en les faisant entrer dans une petite pièce et en posant devant eux la collation demandée.

Or, cette petite pièce, à laquelle on accédait en descendant quelques marches, était située immédiatement derrière le comptoir ; si bien que, en tirant un rideau qui dissimulait un carreau fixé dans la cloison, toute personne de la maison pouvait observer les gens qui se trouvaient là, sans grand risque d'être vue. Montant sur un tabouret, Fagin appliqua son œil au carreau et se mit à écouter avidement.

— J'entends dorénavant être un gentleman, déclarait M. Claypole en détendant ses longues jambes, comme suite à une conversation dont Fagin avait manqué le commencement. Assez de cercueils comme ça, Charlotte !

— Mais on ne peut pas vider des tiroirs tous les jours et se sauver ensuite pour ne pas avoir d'histoire.

— Au diable les tiroirs ! dit M. Claypole, il y a bien d'autres choses à vider. Des poches, des réticules, des maisons, des diligences, des banques, dit M. Claypole s'échauffant de plus en plus sous l'influence de la bière brune.

Il s'apprêtait à en boire une autre, quand il s'arrêta en voyant la porte s'ouvrir et un inconnu paraître sur le seuil. Le nouveau venu était M. Fagin. Il avait un air des plus affables et fit en s'avançant un salut profond. Puis il s'assit à la table voisine et commanda quelque chose à boire au grimaçant Barney. M. Fagin fit aimablement circuler la liqueur.

— Voilà qui n'est pas mauvais, observa M. Claypole en faisant claquer ses lèvres.

— Oui, mais cher, dit Fagin. Si quelqu'un veut s'offrir cela tous les jours, il lui faut vider des tiroirs, des réticules, des maisons, des diligences, ou des banques avec une certaine régularité.

M. Claypole n'eut pas plus tôt entendu cette citation de ses propres paroles qu'il se renversa contre le dossier de sa chaise et, le visage blême, regarda tour à tour le Juif et Charlotte d'un air terrifié.

— Ne craignez rien de ma part, mon ami, dit Fagin en rapprochant sa chaise. Vous êtes tombé juste où il fallait, et vous êtes ici aussi en sûreté que possible. J'ai un ami qui, je pense, pourrait vous mettre le pied à l'étrier. Tenez, sortez avec moi, que je vous dise deux mots en particulier.

— Inutile de vous déranger, dit Noé. Elle va monter notre bagage. Charlotte, occupe-toi des paquets.

À cet ordre donné avec une grande majesté, il fut obéi sans mot dire, et Charlotte eut bientôt disparu avec les ballots.

— Elle est bien dressée. n'est-ce pas ? dit-il du ton

d'un garde-chasse qui a réussi à apprivoiser un animal sauvage.

— À merveille, dit Fagin en lui frappant sur l'épaule. Eh bien, qu'en pensez-vous ? Si mon ami vous plaisait, pourriez-vous mieux faire que de vous joindre à lui ?

— Faudra-t-il verser quelque chose ? dit Noé en tapant sur les poches de sa culotte.

— Ce serait impossible de conclure la chose autrement, répondit Fagin d'un ton sans réplique.

— Quand pourrai-je le voir ? dit Noé, un peu ébranlé.

— Demain matin.

— Hum ! Quelles sont les conditions ?

— Une existence de gentleman : logement, nourriture, tabac et liqueurs pour rien ; la moitié de tout ce que vous rapporterez et aussi la moitié de tout ce que rapportera la demoiselle.

— Mais, observa Noé, comme Charlotte est capable d'abattre beaucoup de besogne, j'aimerais pour mon compte quelque chose qui ne soit pas trop absorbant. Une occupation ni trop fatigante, ni trop dangereuse ; vous me comprenez ?

— Que diriez-vous des vieilles dames ? demanda Fagin. Il y a pas mal d'argent à faire : on leur arrache leur sac et leurs paquets et on disparaît vivement au premier coin de rue.

— Est-ce qu'elles n'ont pas l'habitude de glapir et

même de griffer? demanda Noé. Je ne pense pas que cela répondrait à mes goûts. Ne voyez-vous rien d'autre?

— Une minute! dit Fagin en posant sa main sur les genoux de Noé. Il y a les loupiots, les gosses qui vont faire des commissions pour leurs mamans, munis de pièces de six pence ou d'un shilling. Le truc consiste à leur arracher leur argent, les renverser dans le ruisseau, puis de continuer son chemin tout tranquillement.

— Ah! ah! s'esclaffa M. Claypole. Sacrebleu! C'est juste ce qu'il me faut!

Fagin envoya un coup de coude dans les côtes de M. Claypole, et tous deux rirent longuement à gorge déployée.

— Eh bien! ça colle, dit Noé quand il eut retrouvé son calme et que Charlotte les eut rejoints. À quelle heure le rendez-vous, demain?

— Voulez-vous dix heures du matin? demanda Fagin qui ajouta: Quel nom dirai-je à mon ami?

— M. Bolter, répondit Noé qui avait prévu la question et préparé la réponse. M. Morris Bolter; et je vous présente Mme Bolter.

Après de multiples adieux et bons souhaits, M. Fagin s'en alla à ses affaires, et M. Claypole, réclamant l'attention de sa douce compagne, se mit en devoir de la renseigner sur l'arrangement qui venait de se conclure, ce qu'il fit avec l'air de supériorité dédaigneuse convenant à un représentant du sexe fort, et plus encore à un personnage convaincu de la haute valeur d'un emploi qui consiste à jeter par terre et à détrousser les petits enfants de Londres et de la banlieue.

Où sont relatées les mésaventures de l'Astucieux Renard

— Ainsi, votre ami, c'était vous-même ? demanda M. Claypole, autrement dit Bolter, quand il se fut transporté le lendemain au domicile de Fagin. Je m'en doutais un peu, hier soir.

— Tout homme est son propre ami, mon cher, répondit Fagin en grimaçant son sourire le plus doucereux. Il ne peut en trouver nulle part de meilleur. Mais le souci de notre intérêt particulier nous lie tous ensemble ; sinon, nous nous exposons à faire la culbute tous ensemble.

M. Fagin accompagna cette déclaration de quelques détails sur la grandeur et l'étendue de ses opérations, mêlant le vrai et le faux suivant les besoins de la cause ; et cela avec tant d'adresse que le respect de M. Bolter s'accrut visiblement et que, à ce respect, vint s'ajouter une nuance de crainte des plus salutaires.

— C'est cette confiance mutuelle qui me console au milieu de mes chagrins, dit Fagin. J'ai perdu hier matin mon meilleur acolyte. Oui, il a été pincé. Il est accusé d'avoir tenté de détrousser un passant, et l'on a trouvé sur lui une tabatière d'argent. Ah! le gaillard! il valait à lui seul cinquante tabatières, et j'en donnerais volontiers le prix pour qu'on me le rende. C'est dommage que vous n'ayez pas connu le Renard, mon cher. C'est vraiment dommage!

– Eh! mais, j'espère avoir le plaisir de le connaître un jour, dit M. Bolter.

– J'en doute fort, répondit Fagin avec un soupir. Ils en feront un *lifer*.

– Qu'est-ce que vous voulez dire par lifer? demanda M. Bolter.

Fagin était sur le point de traduire en langue vulgaire cette mystérieuse expression, et M. Bolter aurait appris que *lifer* signifiait « déporté à perpétuité », quand le dialogue fut interrompu par l'arrivée de master Bates qui entra, les mains dans les poches, avec une grimace de chagrin qui déformait ses traits d'une façon presque comique.

– Tout est fichu, Fagin, dit Charley lorsque la présentation eut été faite entre lui et Noé. On a trouvé le monsieur à la tabatière, deux ou trois autres témoins doivent venir pour l'identifier et autant dire que le Renard a son passage retenu sur le bateau. Penser que Jack Dawkins – le Renard, l'Astucieux Renard – est déporté pour une fichue tabatière de quatre sous!

— Ne te fais pas de bile, Charley. Il ne fera certainement pas honte à ses copains et à son vieux maître. Et songe à sa jeunesse. Quelle distinction, Charley, d'être déporté à son âge!

— Ça, oui; pour un honneur, c'en est un, dit Charley, un peu réconforté. Dis donc, le Renard est bien capable de leur en faire voir.

— Capable! Je crois bien qu'il leur en fera voir! D'une façon ou d'une autre, il faut savoir comment cela se passera aujourd'hui. Laissez-moi réfléchir.

— Pourquoi n'envoies-tu pas le nouveau type? demanda master Bates en posant sa main sur le bras de Noé. Personne ne le connaît, lui.

— Attendez un peu, protesta Noé qui reculait vers la porte en secouant la tête d'un air prudent et inquiet. Non, non, pas de ça. Ce n'est pas mon rayon.

Master Bates partit d'un si bel éclat de rire que Fagin dut attendre quelques instants avant d'intervenir pour représenter à M. Bolter qu'il ne courrait en réalité aucun danger en se rendant au tribunal de police. Du moment qu'aucun compte rendu de la petite affaire à laquelle il avait été mêlé n'était parvenu dans la métropole et que son signalement n'avait pas été publié, c'est qu'on ne le soupçonnait pas d'être venu chercher refuge à Londres, et, dûment travesti, il serait aussi en sûreté à Bow Street qu'ailleurs, peut-être même plus, car le tribunal de police était vraisemblablement le dernier endroit où l'on supposerait qu'il pût se rendre de son plein gré.

Gagné en partie par ces raisons, mais impressionné plus encore par la crainte que lui inspirait Fagin, M. Bolter consentit enfin de très mauvaise grâce à entreprendre l'expédition. Il suivit ponctuellement les indications qui lui avaient été données, et se trouva bientôt au milieu d'une foule de gens et spécialement de femmes, qui entraient pêle-mêle dans une salle malpropre où flottait une odeur de moisi. Le fond de cette salle était occupé par une estrade bordée d'une balustrade, avec le banc des prévenus à gauche, la barre des témoins au milieu et le bureau des magistrats sur la droite.

Noé ne cessait de chercher le Renard des yeux, mais il ne voyait personne qui répondît le moins du monde au signalement qui lui avait été donné de M. Dawkins. Il demeura dans cet état de pénible incertitude jusqu'au moment où il eut le soulagement de voir introduire un autre prévenu, lequel – il en fut tout de suite convaincu – ne pouvait être que le jeune homme en question. C'était en effet M. Dawkins qui entrait en traînant les pieds. Tout en prenant place au banc des accusés, il demanda à haute et intelligible voix qu'on voulût bien lui faire savoir à quoi il devait d'être dans cette situation humiliante.

– Je suis citoyen anglais, pas vrai ? Que fait-on de mes privilèges ?

— De quoi s'agit-il ? demanda un magistrat.
— D'un vol dans la rue, Votre Honneur.
— Où sont les témoins ? demanda le greffier.
— Oui, c'est ça, commenta le Renard, où sont-ils ? J'aimerais bien les voir.

Ce souhait fut immédiatement exaucé : un policeman s'avança qui avait vu l'accusé plonger sa main dans la poche d'un passant et en retirer un mouchoir ; puis, s'apercevant qu'il était très usé, le remettre en place après s'en être servi pour son usage personnel. En conséquence, le policeman avait emmené le Renard au poste, et, en fouillant ledit Renard, on avait trouvé sur lui une tabatière en argent avec le nom du propriétaire gravé sur le couvercle. Le propriétaire de la tabatière était présent. Il jura qu'il reconnaissait l'objet et qu'il s'était aperçu de sa disparition le jour précédent. Il avait remarqué un jeune garçon qui se faufilait à travers la foule ; et le jeune garçon était justement celui qu'il avait présentement sous les yeux.

— Accusé, avez-vous quelque chose à répondre au témoin ? dit le magistrat.

— Je ne voudrais pas m'abaisser à faire conversation avec lui, répondit le Renard.

— Je n'ai jamais vu un jeune vagabond si effronté, Votre Honneur, observa l'agent avec un petit rire. Avez-vous quelque chose à dire, jeune blanc-bec ?

— Non, répliqua le Renard ; en tout cas, pas ici, car

si on veut de la justice, ce n'est pas dans cette boutique qu'il faut venir…

– C'est bon, ça suffit, interrompit le greffier. Le tribunal le maintient en état d'arrestation. Qu'on l'emmène!

Noé l'ayant vu enfermer tout seul dans une petite cellule, se dirigea vers l'endroit où il avait laissé master Bates. Tous deux se hâtèrent ensuite d'aller réconforter M. Fagin par l'assurance que le Renard faisait honneur à son éducation et qu'il était en passe de se faire une glorieuse renommée.

L'heure arrive pour Nancy de tenir sa promesse à Rose Maylie. Elle en est empêchée

Si entraînée qu'elle fût à la ruse et la dissimulation, Nancy ne pouvait cacher tout à fait le trouble que lui causait la conscience de la gravité de sa démarche. En quelques jours, elle était devenue maigre et pâle. Tantôt elle ne prêtait aucune attention à ce qui se passait autour d'elle et ne se mêlait pas à des conversations auxquelles jadis elle aurait pris part avec exubérance, tantôt elle riait et manifestait un entrain forcé sans rime ni raison.

On était au dimanche soir, et la cloche de l'église la

plus proche sonna l'heure. Sikes et le Juif, qui causaient ensemble, s'interrompirent pour l'écouter. Nancy, pelotonnée sur un siège bas, releva la tête et prêta également l'oreille. Onze heures. Fagin, tirant Sikes par la manche, lui montra du doigt Nancy :

— Holà ! Nancy, s'écria Sikes. Où vas-tu à cette heure-ci, ma belle ?

— Je ne me sens pas bien, répondit-elle. J'ai besoin d'aller respirer dehors.

— Tu t'en passeras.

Ce disant, Sikes se leva, ferma la porte, retira la clef de la serrure et, attrapant le chapeau de Nancy, le lança sur une vieille armoire.

— Ce n'est pas une histoire de chapeau qui me retiendra, dit Nancy en pâlissant. Laisse-moi sortir... tout de suite... à l'instant.

— Non ! dit Sikes.

— Bill, laisse-moi sortir. Tu ne sais pas ce que tu fais ; non, tu ne sais pas... Une heure seulement ! je t'en prie, Bill... Je t'en supplie !

— Qu'on me coupe en morceaux, déclara Sikes en la saisissant brutalement par le bras, si cette fille n'est pas devenue folle à lier !

Elle continua à le supplier jusqu'à ce que l'horloge sonnât minuit. Alors, épuisée, elle cessa ses protestations. Lui ayant recommandé avec force jurons de ne plus tenter de sortir cette nuit-là, Sikes rejoignit Fagin

— Je croyais l'avoir matée ; mais elle est aussi mauvaise qu'elle n'a jamais été.

— Pire, dit le Juif d'un air préoccupé. Je ne l'ai jamais vue se monter comme cela pour si peu.

— Je lui ferai une petite saignée sans déranger le médecin, si ça lui reprend, dit Sikes.

Fagin marqua d'un signe de tête qu'il approuvait ce genre de traitement.

Nancy reprit son siège. Ses yeux étaient rouges et gonflés. Fagin chuchota à Sikes qu'il n'y avait pas à craindre que la scène recommençât et, prenant son chapeau, lui souhaita le bonsoir.

Fagin reprit la direction de son logis, absorbé par les pensées qui s'agitaient dans son cerveau. L'idée lui était venue que Nancy, lasse des brutalités du bandit, s'était amourachée de quelqu'un d'autre. « Avec un peu de persuasion, pensait Fagin, sans doute la déciderait-on à empoisonner Sikes. L'homme que je hais serait ainsi supprimé, un autre prêt à prendre sa place ; et, tenant ainsi Nancy par la connaissance que j'aurais de son crime, mon pouvoir sur elle serait illimité. » Peut-être répugnerait-elle cependant à entrer dans un complot contre la vie de Sikes ; et c'était là un des principaux buts à atteindre. « Comment, pensait Fagin en regagnant furtivement sa demeure, comment puis-je accroître mon influence sur elle ? »

De tels cerveaux sont fertiles en expédients. Si

Fagin, sans arracher d'aveux à Nancy, pouvait établir sur elle une surveillance permettant de découvrir celui qui avait amené chez elle un tel changement, puis la menacer de tout révéler à Sikes, ne réussirait-il pas à s'assurer sa complicité ?

Noé Claypole est chargé par Fagin d'une mission secrète

Le vieillard se leva de bonne heure le lendemain matin et guetta avec impatience l'arrivée de son nouvel associé. Après une attente qui lui parut interminable, Noé Claypole se présenta enfin et commença par attaquer son premier déjeuner avec voracité. M. Bolter finit d'expédier sa première tartine en quelques bouchées et s'en prépara une seconde.

— Bolter, dit Fagin en se penchant sur la table, je désire, mon cher, que tu fasses pour moi une petite besogne qui exige beaucoup de soin et de circonspection. Il s'agit de filer une femme.

— Une vieille ? demanda M. Bolter.

— Une jeune, répondit Fagin. Tu n'auras qu'à me raconter où elle est allée, qui elle a vu, et, si possible, ce qu'elle a dit, te rappeler la rue, la maison, et me rapporter tous les renseignements que tu pourras.

— Qu'est-ce que tu me donneras? demanda Noé en reposant sa tasse et en fixant sur Fagin un regard de convoitise.

— Si tu t'en tires bien, tu auras une livre sterling, mon cher.

— Quelle est cette femme? demanda Noé.

— Une des nôtres. Elle s'est fait de nouveaux amis, et il faut que je sache qui ils sont. Je te la montrerai quand l'occasion s'en présentera. Tiens-toi prêt; pour le reste, tu n'as qu'à t'en rapporter à moi.

Ce soir-là, et le suivant, et celui d'après, l'espion attendit tout botté, prêt à se mettre en campagne sur un mot de Fagin. Six soirées se passèrent – six longues et mornes soirées –, et chaque nuit, Fagin rentra, l'air désappointé en déclarant laconiquement que le moment n'était pas venu. Le septième soir, il revint de meilleure heure et animé d'une joie telle qu'il ne parvenait pas à la dissimuler.

— Elle doit sortir ce soir, dit-il, et sans doute pour faire la course prévue. Dépêchons-nous.

Sans dire un mot, Noé sauta sur ses pieds, gagné par l'agitation du Juif. Tous deux sortirent furtivement de la maison, traversèrent à la hâte un labyrinthe de rues et parvinrent enfin à la porte d'une taverne que Noé reconnut: c'était là qu'il avait couché le soir de son arrivée à Londres.

Les deux hommes entrèrent sans bruit. Fagin et le

jeune Juif qui les avait introduits montrèrent à Noé le carreau ménagé dans la cloison.

— C'est elle ? murmura-t-il.

De la tête, Fagin fit oui.

Le rendez-vous

Comme l'horloge sonnait onze heures trois quarts, deux personnes s'engagèrent sur le Pont de Londres. La première, qui avançait d'un pas léger et rapide, était une femme et jetait autour d'elle des regards anxieux comme si elle cherchait quelqu'un ou quelque chose ; l'autre était un homme qui se glissait furtivement à la suite de la femme, en se dissimulant autant que possible dans les endroits les plus sombres. Vers le milieu du pont, elle s'arrêta ; l'homme s'arrêta également.

La femme avait parcouru plus d'une fois le pont d'un pas fébrile, toujours surveillée par son observateur invisible, lorsque la grosse cloche de Saint-Paul annonça qu'un jour venait de s'achever. Il était minuit dans la cité surpeuplée. Il n'y avait pas deux minutes que l'horloge avait sonné lorsqu'une jeune fille et un monsieur grisonnant descendirent d'un fiacre à peu de distance et, renvoyant la voiture, se dirigèrent vers le pont. À peine y avaient-ils posé le pied que Nancy vint à leur rencontre.

— Pas ici, se hâta de dire Nancy. Je n'ose pas vous entretenir ici. Allons à l'écart, en dehors du passage, là-bas au pied de l'escalier.

Cet escalier fait partie du pont et se compose de trois étages. Juste au bas du second, le mur de gauche se termine par un pilastre faisant face à la Tamise. À partir de cet endroit, les marches s'élargissent, si bien qu'une personne qui a tourné l'angle de la muraille est invisible pour celles qui se trouvent dans l'escalier au-dessus d'elle.

— Vous n'êtes pas venue ici dimanche dernier ? demanda le vieux monsieur.

— Je n'ai pas pu, répondit Nancy. J'ai été retenue de force.

— J'espère qu'on ne vous a pas soupçonnée d'être en communication avec quelqu'un au sujet de l'affaire qui nous réunit ce soir ?

— Non, répondit Nancy. Ni lui ni aucun des autres ne me soupçonne.

— Tant mieux ! dit le vieux monsieur. Maintenant écoutez-moi. Cette demoiselle m'a communiqué tout ce que vous lui avez dit il y a près de quinze jours. Nous nous proposons d'arracher son secret par la peur à cet homme qu'on appelle Monks. Mais si nous ne pouvons mettre la main sur lui, ou s'il ne se laisse pas faire comme nous voudrions, vous devrez nous livrer le Juif.

— Fagin ! s'exclama Nancy en reculant. Je ne le ferai jamais ! Bien qu'il soit un démon, jamais je ne ferai cela.

— Alors, dit vivement le vieux monsieur, comme si c'était là qu'il voulait en venir, remettez Monks entre mes mains et laissez-moi m'arranger avec lui.

— Et s'il dénonce les autres ?

— Je vous promets que dans ce cas, l'affaire en restera là. Une fois la vérité découverte, personne ne sera inquiété.

— La demoiselle me le promet-elle ? demanda Nancy.

— Je vous en donne ma parole d'honneur, répondit Rose.

Ayant reçu de ses interlocuteurs l'assurance qu'elle pouvait s'y fier en toute sécurité, Nancy fournit des renseignements sur la taverne, dont elle donna le nom et l'adresse. Quand elle eut décrit les lieux minutieusement, expliqué de quel endroit on pouvait le mieux observer ce qui s'y passait sans éveiller l'attention, indiqué le jour et l'heure où Monks avait plutôt l'habitude d'y venir, elle parut se recueillir un instant pour mieux se rappeler les traits et l'extérieur de l'homme dont elle voulait donner le signalement.

— Il est grand, dit-elle, et fortement charpenté. Il a dans l'allure quelque chose de furtif, et quand il marche, il jette constamment des regards en arrière.

Notez bien qu'il a les yeux très enfoncés, et ce signe à lui seul pourrait suffire à vous le faire reconnaître. Il a le teint brun, les cheveux et les yeux noirs, et bien qu'il ne puisse avoir plus de vingt-six ou vingt-huit ans, son visage est hâve et flétri. Ses lèvres sont décolorées et marquées par l'empreinte de ses dents, car il est sujet à des crises de nerfs, et, dans ses accès, se mord parfois les mains jusqu'au sang… Je tiens une partie de ces détails des gens de la maison dont je vous ai parlé, car pour moi, je ne l'ai vu que deux fois. Voilà, je crois, tout ce que je puis vous dire pour vous aider à le reconnaître. Attendez, pourtant, ajouta-t-elle. En avant du cou et assez haut pour qu'on puisse l'apercevoir sous sa cravate quand il tourne la tête, il y a…

— Une large marque rouge, comme la marque d'une brûlure, s'écria le vieux monsieur.

— Comment ! s'exclama Nancy. Vous le connaissez donc ?

Rose Maylie poussa un cri de surprise, et durant un instant ils gardèrent le silence, un silence tel que l'espion put entendre leur respiration.

— Je crois que oui, dit le vieux monsieur, rompant le silence. D'après votre description, je le crois. Nous verrons. Beaucoup de gens se ressemblent d'une façon singulière ; ce n'est peut-être pas la même personne. Maintenant, dit-il, votre concours nous a été des plus précieux, jeune fille, et je voudrais que vous en fussiez récompensée. Que puis-je faire pour vous être utile ?

— Rien, répondit Nancy.

— Ne me dites pas cela, reprit le vieux monsieur avec un accent de bonté qui aurait touché un cœur plus dur et plus fermé. Je ne dis pas qu'il soit en notre pouvoir de vous procurer la paix du cœur et de l'esprit, car vous ne pouvez l'obtenir que par vos propres efforts ; mais vous assurer un refuge tranquille en Angleterre ou, si vous craignez d'y rester, à l'étranger, non seulement nous le pouvons, mais nous le souhaitons vivement.

— Non, monsieur, reprit Nancy. Je suis enchaînée à mon ancienne existence. Je l'ai maintenant en dégoût et en horreur, mais je ne puis la quitter. Séparons-nous. Je risque d'être remarquée, espionnée. Partez, partez !

— Tout est inutile, dit le vieux monsieur en soupirant. Nous compromettons peut-être sa sécurité en demeurant ici.

Le vieux monsieur s'éloignait quand Rose s'écria :

— Prenez cette bourse, prenez-la pour me faire plaisir.

— Non, ce que je viens de faire, je ne l'ai pas fait pour de l'argent, répondit Nancy. Laissez-moi cette satisfaction. Dieu vous bénisse ! Adieu, adieu...

La violente agitation de Nancy et la crainte qu'elle

eût à subir de mauvais traitements si elle était surprise en leur compagnie décidèrent le vieux monsieur à la quitter ainsi qu'elle le demandait. On entendit des pas qui s'éloignaient, et le bruit des voix cessa.

Fatales conséquences

C'était environ deux heures avant l'aube – ce moment qui, à l'automne, est bien le plus mort de la nuit. À cette heure de paix et de silence, Fagin veillait dans son repaire, la figure si pâle et si convulsée, les yeux si rouges et si injectés de sang qu'il avait moins l'air d'un homme que d'un hideux fantôme tout suintant de l'humidité du tombeau et tourmenté par un esprit mauvais. Allongé sur un matelas par terre, Noé Claypole dormait profondément. Le vieillard dirigeait parfois ses yeux vers lui un instant, puis les ramenait sur la chandelle.

La mortification causée par l'effondrement de son habile machination, la haine qu'il ressentait pour cette fille qui avait eu l'audace d'intriguer avec des étrangers, la persuasion qu'elle avait dû mentir en refusant de le livrer, l'amer regret d'avoir perdu l'occasion de se venger de Sikes, la peur d'être découvert, la peur du châtiment et de la mort, la rage folle que tout ceci allumait en lui, telles étaient les considérations tumultueuses qui tourbillonnaient dans le cerveau de Fagin.

Sans paraître prendre garde au temps qui s'écoulait, il demeura dans la même attitude jusqu'au moment où son oreille exercée perçut un bruit de pas dans la rue. Au même instant, la sonnette tinta. Il se glissa dans l'escalier pour aller ouvrir la porte et revint bientôt, accompagné d'un homme emmitouflé jusqu'au menton qui portait un ballot sous le bras. Ce dernier s'étant assis et débarrassé de son manteau, laissa voir les formes massives de Sikes.

— Voilà! dit-il en posant le ballot sur la table. Mets ça en sûreté et tires-en le plus possible. J'ai eu assez de mal pour m'en emparer.

Fagin prit le ballot, l'enferma dans un placard, puis revint s'asseoir sans mot dire. Il n'avait pas quitté des yeux le voleur. Ses lèvres tremblaient si fort et ses traits étaient tellement altérés par l'émotion que le bandit recula machinalement sa chaise et le considéra avec un air de réelle épouvante.

— Alors, quoi? Pourquoi me regardes-tu comme ça?

— Ce que j'ai à te dire, Bill, dit Fagin en rapprochant sa chaise, te rendra encore plus furieux que moi.

Fagin se pencha au-dessus du matelas et secoua le dormeur pour le réveiller.

– Bolter ! Bolter !...

Après avoir entendu répéter plusieurs fois son nom d'emprunt, Noé Claypole se frotta les yeux, bâilla largement et promena autour de lui un regard ensommeillé.

– Raconte-moi la chose encore une fois, pour qu'il l'entende, dit le Juif en désignant Sikes du doigt.

– Raconter quoi ? demanda Noé, mal réveillé, en se secouant avec mauvaise humeur.

– Ce qui a rapport à... NANCY, dit Fagin en saisissant Sikes par le poignet comme pour l'empêcher de partir avant d'en avoir entendu suffisamment. Tu l'as suivie ?

– Oui.

– Jusqu'au Pont de Londres ?

– Oui.

– Où elle a rencontré deux personnes ?

– C'est bien ça.

– Un monsieur et une demoiselle qu'elle était allée voir auparavant, d'elle-même, et qui lui ont demandé de livrer tous ses compagnons, Monks en premier : ce qu'elle a fait ; de le décrire : ce qu'elle a fait ; de dire dans quel endroit nous nous retrouvions : ce qu'elle a fait ; d'où l'on pouvait le mieux faire le guet : elle l'a dit, et à quel moment il fallait s'y prendre : elle l'a dit aussi. Elle a fait tout cela ! Elle a tout dit, mot pour mot, sans y être contrainte, sans se faire prier... Voilà ce qu'elle a fait... n'est-ce pas? cria Fagin à moitié fou de rage.

— C'est vrai, répondit Noé en se grattant la tête; c'est comme ça que ça s'est passé.

— Par le feu de l'enfer! cria Sikes.

Repoussant le vieillard loin de lui, il se précipita hors de la pièce et se lança dans l'escalier comme un fou furieux. Sans hésiter, sans réfléchir une seconde, sans tourner la tête à droite ni à gauche, sans lever les yeux vers le ciel ni les baisser par terre, mais regardant droit devant lui d'un air de sauvage résolution, les dents tellement serrées que la mâchoire contractée saillait sous la peau, le voleur poursuivit sa course échevelée; il ne murmura pas un mot, ne relâcha pas un muscle jusqu'à ce qu'il eût atteint sa propre porte. Il l'ouvrit sans bruit avec sa clef, monta l'escalier à pas de loup, entra dans sa chambre, ferma la porte à double tour et poussa contre elle une lourde table; puis il tira le rideau du lit.

Nancy y était étendue, à demi vêtue. L'arrivée de Sikes l'avait réveillée en sursaut, car elle se souleva vivement d'un air effrayé.

— Debout! dit l'homme.

— Bill, dit-elle à voix basse d'un air apeuré, pourquoi me regardes-tu ainsi?

Le voleur commença par la fixer pendant quelques secondes, les narines dilatées et la poitrine haletante puis il la saisit par la tête et par le cou, la traîna au milieu de la chambre et, jetant un coup d'œil vers la porte, lui appliqua sa lourde main sur la bouche.

— Bill ! parvint-elle à dire en se débattant désespérément. Parle-moi... Dis-moi ce que j'ai fait...

— Tu le sais, diablesse ! répliqua le voleur en étouffant sa voix. On t'a filée cette nuit ; tout ce que tu as dit, on l'a entendu !

— Alors, épargne ma vie, pour l'amour du ciel, comme j'ai moi-même épargné la tienne ! Bill, mon cher Bill, tu n'auras pas le courage de me tuer. Oh ! songe à tout ce que j'ai abandonné pour toi, rien que cette nuit ! Je ne t'ai pas trahi, je te le jure sur mon âme. Quittons tous deux cet affreux endroit pour mener ailleurs, chacun de notre côté, une existence meilleure en oubliant notre vie passée...

Le bandit frappa de toutes ses forces, par deux fois, la figure levée vers lui qui touchait presque la sienne. Nancy chancela et tomba, presque aveuglée par le sang qui coulait de son front blessé. Le meurtrier recula en trébuchant vers la muraille et, se cachant les yeux d'une main, saisit un gros gourdin et abattit sa victime.

Monks et M. Brownlow finissent par se rencontrer.
Leur entretien. De quelle manière cet entretien est interrompu

La nuit tombait. M. Brownlow descendit d'un fiacre à la porte de sa maison et frappa doucement. La porte s'étant ouverte, un homme vigoureux sortit de la voiture et resta près du marchepied tandis qu'un autre homme, assis à côté du cocher, descendait du siège et se plaçait devant l'autre marchepied. Sur un signe de M. Brownlow, ils tirèrent du fiacre un troisième personnage, le mirent entre eux deux et l'entraînèrent rapidement dans la maison. Cet homme était Monks.

M. Brownlow les conduisit jusqu'à une pièce à l'arrière de la maison. Arrivé sur le seuil, Monks s'arrêta. Les deux hommes regardèrent le vieux monsieur comme pour lui demander ses instructions.

— Il sait l'alternative qui s'offre à lui, dit M. Brownlow. S'il hésite ou remue le petit doigt au lieu de faire ce que vous lui direz, emmenez-le dans la rue, appelez la police à votre aide et faites-le saisir en mon nom comme faussaire.

Monks regarda le vieux monsieur d'un œil inquiet; ne voyant sur sa figure qu'une expression sévère et résolue, il entra dans la pièce et s'assit en haussant les épaules.

— Fermez la porte à clef en dehors, dit M. Brownlow aux deux hommes, et venez lorsque je sonnerai.

Ils obéirent, et M. Brownlow demeura seul avec Monks.

— Vraiment, monsieur, dit Monks en se débarrassant de son chapeau et de son manteau, pour un vieil ami de mon père, vous avez une singulière façon de me traiter.

— C'est parce que j'ai été le vieil ami de votre père jeune homme, répliqua M. Brownlow ; c'est parce que les espoirs et les vœux de ma jeunesse se rattachaient à lui et à l'exquise créature qui est retournée à Dieu le jour même où j'aurais dû l'épouser ; en un mot, c'est parce que tout ce passé m'y incline que je suis disposé à vous traiter maintenant encore avec indulgence... oui, Edward Leeford, maintenant encore... et que je rougis de vous voir indigne de porter le nom de votre père. Je suis heureux en vérité que vous l'ayez changé contre un autre.

— Tout cela est fort beau, dit Monks (à qui nous conserverons son nom d'emprunt). Mais qu'attendez-vous de moi ?

— Vous avez un frère, dit M. Brownlow.

— Je n'ai pas de frère, répliqua Monks ; vous savez que j'étais fils unique.

— Écoutez ce que je vais vous dire, car il est possible que j'en sache plus que vous sur certains points, dit

M. Brownlow. Je sais à quel triste mariage on poussa votre malheureux père alors qu'il était un tout jeune homme, et cela par orgueil de famille, pour servir d'étroites et misérables ambitions. Je sais que de cette union vous avez été l'unique et lamentable fruit. Je sais aussi, poursuivit le vieux monsieur, les tourments, les tortures prolongées qui ont résulté de cette union mal assortie. Je sais comment aux dehors de froide politesse succédèrent les aigres reproches ; comment l'indifférence fit place à l'animosité, l'animosité à l'aversion, l'aversion à la haine, jusqu'au moment où vos parents brisèrent les fers qui les attachaient l'un à l'autre.

— Eh bien ! oui, ils se sont séparés, dit Monks. Et puis après ?

— Leur séparation durait depuis assez longtemps, continua M. Brownlow, et votre mère, plongée dans une existence frivole à l'étranger, avait complètement oublié le jeune mari qui avait dix ans de moins qu'elle, alors que ce dernier, dont l'avenir était brisé, était resté en Angleterre et se faisait de nouveaux amis. Je parle d'une époque qui remonte à une quinzaine d'années. Dois-je aborder maintenant des événements qui jettent une ombre sur sa mémoire, ou m'épargnerez-vous cette peine en m'avouant que vous savez la vérité ?

— Je n'ai rien à avouer, répondit Monks. Vous pouvez continuer si vous voulez.

— Donc, parmi ces nouveaux amis, reprit M. Brownlow, se trouvait un officier de marine en retraite dont la femme était morte quelques mois auparavant ; ils avaient eu de nombreux enfants, mais deux filles seulement avaient vécu. L'une était une belle jeune fille de dix-neuf ans ; l'autre, une enfant de deux ou trois ans à peine. Ils firent connaissance, se lièrent rapidement, et leur sympathie mutuelle se transforma bientôt en véritable amitié. Votre père était doué comme peu d'hommes le sont ; il avait l'esprit et le charme de sa sœur. Plus le vieil officier le connut et plus il l'aima. Je voudrais n'avoir rien d'autre à dire... Mais il en fut de même pour sa fille. Et la fin de l'année le trouva attaché par les liens les plus graves à cette jeune fille qui lui avait voué son premier et unique amour.

— Votre histoire est bien longue, observa Monks en s'agitant sur son siège.

— C'est l'histoire douloureuse d'une suite de chagrins et d'épreuves, jeune homme, répliqua M. Brownlow. De telles histoires sont souvent longues. Si c'était le récit d'un bonheur sans mélange, il serait plus bref. À la fin, un de ses riches parents vint à mourir et lui laissa ce qu'il estimait une panacée contre tous les chagrins de la vie : de l'argent. Votre père dut se rendre à Rome où résidait ce parent et où il était mort. Mais, arrivé à Rome, il contracta une maladie mortelle. Votre mère, dès qu'elle en apprit la nouvelle, quitta

Paris pour le rejoindre, vous emmenant avec elle. Il mourut le lendemain de son arrivée, ne laissant pas de testament, pas de volontés dernières... si bien que la fortune entière vous revint ainsi qu'à votre mère. Votre père, avant de quitter l'Angleterre, avait traversé Londres, prononça lentement M. Brownlow en fixant son regard sur Monks. Il vint me voir.

— Je ne l'ai jamais su, interrompit Monks d'un ton qui voulait être incrédule, mais qui trahissait surtout un sentiment de surprise désagréable.

— Il me confia, entre autres choses, un tableau. C'était un portrait qu'il avait fait lui-même de cette infortunée jeune fille. Miné par l'inquiétude et le remords, il tenait des propos étranges et décousus et parlait de ruine et de déshonneur dont il était la cause. Il me confia son intention de convertir tout ce qu'il possédait en argent liquide et, après vous avoir assuré une partie de sa nouvelle fortune, de quitter au plus vite l'Angleterre sans esprit de retour. Je ne devinai que trop qu'il ne la quitterait pas seul. Il promit de m'écrire pour m'expliquer tout et de revenir ensuite une dernière fois. Hélas! je ne reçus point de lettre, je ne l'ai plus revu.

— Quand tout fut fini, reprit M. Brownlow après un instant de silence, je me rendis dans le pays qui avait été le théâtre de ce que j'appellerai son amour coupable; j'avais l'intention, si mes craintes se trouvaient justifiées, d'offrir à cette pauvre enfant égarée un toit pour l'abriter, un cœur pour la plaindre. Mais elle et les siens avaient quitté le pays huit jours auparavant. Personne ne put me dire la raison de leur départ non plus que le but de leur voyage.

Monks respira plus librement et promena autour de lui un regard de triomphe.

– Quand votre frère, dit M. Brownlow en rapprochant son siège de celui de Monks, quand votre frère, enfant chétif, abandonné, vêtu de loques, fut envoyé sur mon chemin par une main plus puissante que celle du hasard et sauvé par moi d'une existence de vice et d'infamie...

– Quoi?... s'écria Monks.

– Oui, sauvé par moi, répéta M. Brownlow. Quand, donc, votre frère, recueilli par moi, se rétablissait dans ma maison, sa ressemblance extraordinaire avec le portrait dont je vous ai parlé me frappa d'étonnement. Votre mère étant morte, je savais que la seule personne qui pût éclaircir le mystère, c'était vous. Or, la dernière fois que j'avais eu de vos nouvelles, vous étiez dans vos plantations d'Amérique. J'ai fait moi-même le voyage. Vous aviez quitté le pays quelques mois auparavant, et l'on vous croyait à Londres, mais personne ne connaissait votre adresse. Je revins en Angleterre. Vos hommes d'affaires ignoraient votre résidence. Selon toutes apparences, vous hantiez toujours les mauvais lieux et fréquentiez encore les douteuses compagnies auxquelles vous aviez pris l'habitude de vous mêler lorsque vous étiez un adolescent violent et indomptable. Je les importunai de mes démarches ; je battis les rues nuit et jour, et jusqu'à il y a deux heures mes efforts étaient restés vains. Je ne vous avais pas aperçu une seule fois.

— Eh bien ! maintenant vous me voyez pour de bon, dit Monks en se levant avec assurance. Un frère ! Mais vous ne savez même pas si un enfant est né de ce couple larmoyant !

— *Je ne le savais pas*, répondit M. Brownlow se levant aussi, mais dans le cours de cette quinzaine, j'ai tout appris. Vous avez un frère, vous le savez ; et ce frère, vous le connaissez. Il y avait un testament ; votre mère l'a détruit, et, à sa mort, vous a laissé ce secret avec le bénéfice de son acte. Ce testament parlait d'un enfant qui allait sans doute être le fruit de cette regrettable liaison. L'enfant naquit ; vous l'avez rencontré un jour par hasard, et sa ressemblance avec votre père a éveillé vos soupçons. Vous vous êtes rendu au lieu de sa naissance. Il existait au sujet de son origine des preuves tenues secrètes jusqu'alors. Ces preuves, vous les avez détruites, et maintenant, suivant les paroles mêmes que vous avez dites au Juif, votre complice : « Les seules preuves de l'identité de l'enfant sont au fond de la rivière. » Tout ce que vous avez dit en conciliabule, vous et ce misérable gredin, s'écria le vieux monsieur, je le sais, mot pour mot. Les ombres sur la muraille ont recueilli vos chuchotements et les ont rapportés à mon oreille. La vue d'un enfant persécuté a ému le vice lui-même et lui a donné le courage et presque les attributs de la vertu. Êtes-vous prêt maintenant à tout dévoiler ?

– Oui.

– Me promettez-vous d'écrire de votre main un exposé sincère des faits, puis de le répéter de vive voix devant témoins à l'endroit que j'aurai choisi pour y faire votre déclaration ?

– Si vous l'exigez, je m'y engage.

– Il vous faudra faire davantage encore, dit M. Brownlow : restituer ce qui lui est dû à un enfant innocent autant qu'inoffensif – car tel est votre jeune frère, bien qu'il doive le jour à un coupable et malheureux amour. Vous n'avez pas oublié les clauses du testament. Observez-les en ce qui concerne Olivier ; après quoi vous irez où vous voudrez, car il est inutile que vous vous revoyiez jamais en ce monde.

Pendant que Monks, partagé entre la haine et la peur, arpentait la pièce de long en large, la porte s'ouvrit brusquement, et M. Losberne entra, en proie à une violente agitation.

– L'homme va être pris ! s'écria-t-il. Il sera pris ce soir !

– Le meurtrier ? demanda M. Brownlow.

— Oui. On a vu son chien qui rôdait autour d'une vieille maison. Tous les environs sont gardés. J'ai parlé aux policiers chargés de l'arrêter, et ils m'ont affirmé qu'il ne pouvait pas échapper. Une récompense de cent livres a été promise par le gouvernement à qui le prendrait.

— Et moi, j'en offre cinquante, s'écria M. Brownlow, et je vais l'annoncer moi-même sur les lieux si je puis aller jusque-là. Et Fagin ? Que sait-on de lui ?

— Aux dernières nouvelles, il n'était pas encore arrêté, mais il le sera, et peut-être l'est-il déjà à l'heure qu'il est.

— Avez-vous pris votre décision ? demanda tout bas M. Brownlow à Monks.

— Oui, répondit l'autre. Vous… vous ne parlerez pas de moi ?

— Je m'y engage. Demeurez ici jusqu'à mon retour. C'est votre seule chance de salut.

M. Brownlow et M. Losberne quittèrent la pièce, et la porte fut refermée à clef.

Chasse à l'homme

Aux abords de la Tamise, non loin de l'église de Rotherhithe, à l'endroit où des taudis sordides bordent le fleuve et où les bateaux sont tout noircis par la poussière des chalands chargés de charbon et par la fumée des maisons basses qui se pressent les unes contre les autres, il existe encore actuellement le quartier le plus sale, le plus singulier, le plus extraordinaire de tous ceux de ce genre que recèle la capitale, et qu'ignorent, même de nom, la plupart des Londoniens.

C'est dans ces parages, plus loin que Dockhead, dans le faubourg de Southwark, que se trouve l'île de Jacob. Un fossé boueux l'entoure, profond de six à huit pieds et large de quinze ou vingt quand il est plein d'eau. Il portait autrefois le nom de Mill Pond, mais on l'appelle maintenant Folly Ditch. Les traits les plus repoussants de la misère, les indices les plus répugnants de la malpropreté, de la négligence et de la pourriture, voilà ce qui agrémente les bords de Folly Ditch.

Dans l'intérieur de l'île, les entrepôts sont vides et n'ont plus de toits ; les murs s'écroulent peu à peu ; des fenêtres, il ne reste que la place ; les portes s'effondrent dans la rue ; les cheminées sont noires, mais aucune fumée n'en sort. Les maisons n'ont pas de propriétaires et sont ouvertes à tous ceux qui sont assez courageux pour s'y installer, et c'est là qu'ils vivent ; c'est là qu'ils meurent. Ils doivent avoir de puissants motifs de vouloir se cacher, ou être réduits à une condition bien misérable, ceux qui cherchent un refuge dans l'île de Jacob. À l'étage supérieur d'une de ces maisons, deux hommes se trouvaient réunis. L'un d'eux était Toby Crackit, et l'autre M. Chitling.

Toby Crackit se tourna vers Chitling et dit :

— Alors, quand Fagin a-t-il été arrêté ?

— Juste au moment du dîner, à deux heures de l'après-midi. Charley et moi avons filé par la cheminée de la buanderie, et Bolter s'est fourré sous le cuvier renversé ; mais ses jambes sont tellement longues qu'elles dépassaient, et c'est comme ça qu'il s'est fait pincer.

— Et Betsey ?

— Pauvre Betsey ! répondit Chitling dont la mine s'allongea encore davantage. Elle était entrée pour dire bonjour à Nancy, et c'est son cadavre qu'elle a trouvé. Elle est ressortie comme folle, criant, divaguant, se tapant la tête contre les murs. On lui a mis la camisole de force et on l'a emmenée à l'hôpital.

— Qu'est devenu le jeune Bates ?

— Il a dû se cacher dans les environs pour ne pas se risquer ici avant la nuit, mais il sera bientôt là. Il ne peut aller nulle part ailleurs maintenant, car les gens des *Trois Boiteux* ont tous été arrêtés, et la taverne est pleine de mouchards.

– Pour un sale coup, c'est un sale coup, observa Toby en se mordant les lèvres. Il y en a plus d'un qui n'en réchappera pas.

Un tapotement léger se fit entendre dans l'escalier, et le chien de Sikes bondit dans la pièce.

– Qu'est-ce que ça signifie? dit Toby quand ils furent revenus dans la pièce. Ce n'est pas croyable qu'il vienne ici. Je... j'espère qu'il n'en fera rien.

Crackit alla à la fenêtre. Quand il se retourna, il tremblait de la tête aux pieds. Le chien fut aussitôt sur le qui-vive et courut à la porte en poussant des petits cris plaintifs. Crackit descendit ouvrir la porte, puis revint suivi d'un homme dont le bas du visage était dissimulé par un foulard, tandis qu'un autre lui entourait la tête sous son chapeau. Il le retira lentement. La figure blême, les yeux enfoncés, les joues creuses recouvertes d'une barbe de trois jours, l'air épuisé, la respiration courte et haletante, c'était le propre fantôme de Sikes.

– Est-ce que... est-ce qu'on l'a enterrée?

Les autres firent non de la tête.

– Pourquoi n'est-ce pas fait? Pourquoi garde-t-on ces choses affreuses à la vue des gens?... Qui est-ce qui frappe comme cela?

D'un geste de la main, Crackit fit comprendre qu'il n'y avait rien à craindre et il sortit de la pièce. Quand il rentra, l'instant d'après, il était suivi de Charley

Bates. Sikes était assis en face de la porte, de sorte qu'en arrivant dans la pièce, le jeune garçon se trouva face à face avec lui. Le gamin se jeta sur Sikes, et, grâce à la violence et à la soudaineté de l'attaque, le fit tomber lourdement sur le sol.

La lutte, cependant, était trop inégale pour durer longtemps. Sikes avait renversé Charley et posait son genou sur la gorge du gamin, quand Crackit le tira en arrière d'un air effrayé et lui montra du doigt la fenêtre. Des lumières brillaient dans la rue, on entendait des conversations animées, un piétinement ininterrompu faisait résonner le petit pont de bois le plus proche. Soudain, un coup sonore retentit à la porte, suivi d'un grondement rauque produit par un tel chœur de voix irritées que l'homme le plus hardi aurait tremblé.

— Au secours ! cria le jeune garçon d'une voix perçante. Il est ici ! Enfoncez la porte !

— Ouvrez, au nom du Roi ! crièrent des voix audehors.

Et la rumeur s'éleva de nouveau, mais plus forte.

— Montrez-moi où je puis enfermer ce damné braillard, cria Sikes furieux qui courait de côté et d'autre en traînant le gamin aussi aisément que si c'était un sac vide. Cette porte... Vite !... (Il jeta Charley par l'ouverture et referma la porte qu'il verrouilla.) Donnez-moi une corde, une longue corde.

Je puis sauter dans Folly Ditch et décamper de ce côté. Vite, une corde ! ou je commets trois meurtres de plus et me tue par-dessus le marché !

Saisis de panique, les hommes montrèrent où se trouvait ce qu'il demandait. Le meurtrier choisit rapidement la corde la plus longue et la plus solide, et monta quatre à quatre jusqu'au haut de la maison.

Toutes les fenêtres donnant à l'arrière du bâtiment avaient été bouchées depuis longtemps avec des briques, excepté une petite lucarne dans la chambre où Charley était enfermé. Cette lucarne était trop étroite pour livrer passage au jeune garçon, mais il ne cessait de crier par cette ouverture aux gens du dehors de surveiller l'arrière de la maison. Ainsi, quand le meurtrier émergea des combles par une porte donnant sur le toit, un hurlement en avertit les gens de la rue qui se mirent aussitôt à faire le tour du bâtiment en un flot pressé.

Sikes avança en rampant sur les tuiles et jeta un regard par-dessus le rebord du toit. La marée était basse, et le fossé n'était plus qu'un lit de boue. La foule avait fait silence un moment, observant ses mouvements et se demandant ce qu'il allait faire. Quand elle comprit son projet et vit en même temps qu'il était impraticable, elle poussa un long cri de triomphe et de haine auprès duquel les vociférations précédentes n'étaient que des murmures. À maintes reprises, ce cri se répéta, comme si la cité entière avait déversé toute sa population pour maudire l'assassin.

— Cinquante livres sterling, cria un vieux monsieur, cinquante livres sterling à celui qui le prendra vivant !

Il y eut un autre rugissement. Au même instant, le bruit se répandit qu'on avait fini par forcer la porte. Devant la nouvelle qui volait de bouche en bouche, le flot changea brusquement de direction. Chacun poussait et jouait des coudes, haletant du désir d'être suffisamment près de la porte pour voir le criminel quand les policiers le feraient sortir. Entre la ruée en avant des uns et les efforts vains des autres pour se dégager de la mêlée, il régna un instant une confusion telle que l'attention générale se détourna momentanément du meurtrier, bien que le désir de le capturer ne fît qu'augmenter.

Devant l'attitude féroce de la foule et l'impossibilité où il était de s'échapper, l'homme épouvanté s'était accroupi, mais, s'apercevant de ce mouvement soudain, il sauta sur ses pieds, résolu à tenter la suprême chance de salut qui consistait à se laisser glisser dans le fossé, puis, au risque de s'enliser dans la boue, essayer de se sauver à la faveur du désordre et de l'obscurité.

Il appuya son pied contre une cheminée, y fixa solidement une des extrémités de la corde et avec l'autre fit un fort nœud coulant à l'aide de ses mains et de ses dents, le tout en quelques secondes. La corde était assez longue pour lui permettre d'arriver à moins de cinq pieds du sol, et il tenait son couteau à la main de façon à pouvoir la couper pour se laisser tomber à terre.

À l'instant même où il passait la tête dans le nœud coulant pour se glisser la corde sous les bras, le meurtrier perdit l'équilibre et culbuta par-dessus le rebord du toit. Le nœud était autour de son cou, le poids du bandit le serra aussitôt ; la corde se tendit raide comme celle d'un arc. L'assassin était tombé d'une hauteur de trente-cinq pieds. Il eut un brusque soubresaut, une terrible convulsion de tous les membres, et demeura pendu, le couteau ouvert dans son poing crispé.

Un chien qui était resté caché jusqu'alors se mit à courir le long du toit en poussant des gémissements lugubres, puis, prenant son élan, voulut sauter sur les épaules du pendu. Mais il manqua son but, et, pirouettant sur lui-même, tomba dans le fossé, où sa tête heurta une pierre qui en fit jaillir la cervelle.

Qui contient l'éclaircissement de plus d'un mystère et relate une demande en mariage où il n'est pas question de dot

Deux jours seulement s'étaient écoulés depuis les événements narrés dans le précédent chapitre, et nous retrouvons Olivier en voiture, à trois heures de l'après-midi, roulant à vive allure dans la direction de sa ville natale. Mme Maylie, Rose, Mme Bedwin et le bon docteur étaient avec lui, et M. Brownlow suivait dans une chaise de poste, en compagnie d'une autre personne dont le nom n'avait pas été prononcé.

Peu de paroles s'étaient échangées durant le trajet. L'état d'incertitude et d'agitation dans lequel se trouvait Olivier lui ôtait le pouvoir de rassembler ses idées et presque de parler, et son émotion était pleinement partagée par ses compagnons.

Comme ils atteignaient la ville et pénétraient enfin dans ses rues étroites, l'agitation d'Olivier devint difficile à contenir : c'était d'abord la boutique de Sowerberry, l'entrepreneur de pompes funèbres, toujours pareille, bien que plus petite et d'aspect moins imposant qu'il ne se la rappelait ; c'était le *workhouse*, la triste prison de son enfance, dont les lugubres fenêtres regardaient dans la rue d'un air maussade ; c'était presque tout, enfin, que l'enfant retrouvait comme si son départ datait de la veille et comme si toute la période qu'il venait de vivre n'avait été qu'un songe délicieux.

La voiture s'arrêta devant la porte du meilleur hôtel du lieu, qu'Olivier regardait jadis avec une admiration craintive et considérait comme un véritable palais. Et voilà M. Grimwig qui s'élance pour les recevoir et embrasse la jeune demoiselle et aussi la vieille dame quand elles descendent de voiture comme s'il était le grand-père de toute la compagnie; M. Grimwig, tout sourire et amabilité, qui n'offre pas une seule fois de manger sa tête. Le dîner est servi, les chambres sont prêtes, et tout semble arrangé comme par magie pour les recevoir.

Néanmoins, la première demi-heure d'agitation passée, le silence et la contrainte qui avaient régné pendant le voyage revinrent. M. Brownlow ne dîna pas avec ses amis, mais se fit servir dans une pièce séparée. M. Losberne et M. Grimwig allaient et venaient avec des visages soucieux. À un moment, on appela Mme Maylie hors de la pièce, et lorsqu'elle revint après une absence qui avait duré près d'une heure, ses yeux étaient gonflés et rougis par les larmes. Tout ceci troublait Rose et Olivier, qui n'avaient pas été mis dans ces nouveaux secrets.

Enfin, neuf heures sonnèrent, et ils commençaient à croire qu'ils n'apprendraient rien de plus ce soir-là lorsque M. Losberne et M. Grimwig rentrèrent dans la pièce. Ils étaient suivis de M. Brownlow et d'un jeune homme dont la vue faillit arracher à Olivier un cri de surprise, car on lui dit que c'était son frère, et cet homme était l'individu qu'il avait rencontré au bourg, puis aperçu derrière sa fenêtre auprès de Fagin en train de regarder dans sa petite chambre.

Monks jeta à l'enfant stupéfait un regard chargé d'une haine que, même alors, il ne pouvait dissimuler, et il prit un siège près de la porte. M. Brownlow, qui tenait des papiers à la main, se dirigea vers la table près de laquelle Rose et Olivier étaient assis.

— C'est pour moi un devoir pénible, dit-il, mais les déclarations qui ont été faites et signées à Londres doivent être répétées ici. Il faut que nous les entendions de votre propre bouche avant de nous séparer.

— Alors, allez-y vivement, répondit Monks en détournant la tête. Je crois que j'en ai déjà fait suffisamment.

— Cet enfant, dit M. Brownlow attirant à lui Olivier et posant sa main sur la tête du jeune garçon, cet enfant est votre demi-frère ; c'est le fils illégitime de votre père, mon cher ami Edward Leeford, et de la pauvre Agnès Fleming qui mourut en lui donnant le jour. Cet enfant naquit, n'est-il pas vrai, dans cette ville ?

— Dans l'hospice de cette ville, répondit l'autre d'un ton maussade. Mon père, étant tombé malade à

Rome, fut rejoint par ma mère, dont il vivait séparé depuis longtemps, et qui arriva de Paris, m'amenant avec elle. Sans doute était-ce pour s'occuper de la fortune de son mari, car elle n'avait pas plus d'affection pour lui que lui-même n'en avait pour elle. Il ne se rendit pas compte que nous étions là, car il n'avait plus sa connaissance et demeura inconscient jusqu'au moment où il mourut, le lendemain. Parmi les papiers que contenait son bureau, il s'en trouvait deux datés du soir même où il était tombé malade. Ils étaient enfermés dans une courte missive à votre adresse (ici, Monks se tourna vers M. Brownlow), et une mention sur l'extérieur de la lettre indiquait qu'elle ne devait être envoyée qu'après sa mort. L'un des papiers était une lettre à cette Agnès, l'autre était un testament.

— Parlez de la lettre, dit M. Brownlow.

— La lettre? Une feuille de papier griffonnée dans tous les sens où il faisait à cette fille une confession pleine de repentir et priait Dieu de la prendre sous sa protection. Elle se trouvait à cette époque à quelques mois d'accoucher. Mon père la suppliait, au cas où il viendrait à mourir, de ne pas maudire sa mémoire. Il lui rappelait le jour où il lui avait donné un petit médaillon et une bague sur laquelle était gravé son prénom, suivi d'un espace vide destiné à mettre le nom qu'il espérait lui donner un jour. Il la priait de continuer à les porter sur son cœur comme elle l'avait fait jusque-là.

— Le testament ? dit M. Brownlow, tandis que les larmes d'Olivier coulaient avec abondance.

Monks garda le silence.

— Le testament, dit M. Brownlow prenant la parole à sa place, était dans le même esprit que la lettre. À vous et à votre mère, il laissait respectivement une rente de huit cents livres. Il faisait deux parts égales de la partie la plus importante de sa fortune, l'une pour Agnès Fleming, l'autre pour leur enfant, s'il vivait et parvenait à sa majorité. Il ne devait entrer en possession de sa part que si, pendant sa minorité, il n'avait souillé son nom par aucun acte public lâche, vil ou déshonorant. Cette condition n'était mise, précisait Edward Leeford, que pour marquer toute la confiance qu'il avait en la mère et la conviction que l'enfant hériterait de sa belle et douce nature. Si cette espérance venait à être déçue, l'argent vous reviendrait ; car s'il était prouvé que les deux enfants se valaient, votre père reconnaissait la priorité des droits sur sa fortune au fils légitime qui n'en avait aucun sur son cœur ; car vous n'aviez jamais manifesté pour lui, depuis votre jeune âge, que de la froideur et de l'aversion.

— Ma mère, reprit Monks d'une voix plus forte, fit ce que toute autre femme eût fait à sa place : elle brûla le testament. La lettre ne parvint jamais à son destinataire, mais fut mise de côté, ainsi que d'autres preuves, pour le cas où l'on essaierait de nier la faute d'Agnès Fleming. Ma mère mourut après une longue maladie, reprit Monks, et, sur son lit de mort, elle me légua tous ses secrets. Quelque chose la persuadait qu'un enfant mâle était né et qu'il était vivant. Je lui jurai que si jamais il traversait mon chemin, je le poursuivrais sans trêve ni merci de mon inimitié la plus farouche et la plus implacable, et que, si je le pouvais, je piétinerais les vaines provocations de ce testament insultant en traînant jusqu'au pied de la potence son indigne bénéficiaire. Ma mère avait raison. Le fils d'Agnès Fleming s'est trouvé un jour sur ma route. Pour commencer tout alla bien ; et sans le bavardage d'une vaurienne tout se serait également bien terminé.

Tandis que le misérable, furieux de sa défaite et de son impuissance, se croisait les bras en maudissant tout bas sa malchance, M. Brownlow se tourna vers le groupe des auditeurs terrifiés et leur expliqua que le Juif, complice et confident de Monks, avait reçu une large rétribution pour garder captif Olivier, mais qu'une partie de cette récompense devait être restituée au cas où l'enfant lui échapperait ; et c'est à la suite d'une dispute à ce sujet que les deux hommes s'étaient rendus à la maison de campagne de Mme Maylie, afin d'identifier l'enfant.

— Le médaillon et l'anneau ? dit M. Brownlow en se tournant vers Monks.

— Je les ai achetés à l'homme et à la femme dont je vous ai parlé, lesquels les avaient pris à la garde-malade qui les avait dérobés elle-même au cadavre d'Agnès Fleming, répondit Monks.

M. Brownlow adressa un simple signe de tête à M. Grimwig, qui sortit vivement et reparut peu après en poussant devant lui Mme Bumble et traînant à sa suite l'époux de Mme Bumble qui avançait visiblement à contrecœur.

— Dois-je en croire mes yeux ! s'écria M. Bumble, jouant assez mal l'enthousiasme, et n'est-ce pas là le petit Olivier ? Oh ! Olivier, si vous saviez le souci que je me suis fait pour vous !

— Taisez-vous, imbécile ! murmura Mme Bumble.

— Comment allez-vous, monsieur ? Votre santé est bonne, j'espère ? fit M. Bumble.

Cette salutation s'adressait à M. Brownlow, qui s'était avancé vers le digne couple.

— Connaissez-vous cette personne ? dit-il en désignant Monks.

— Non, répondit nettement Mme Bumble.

— Vous non plus ? dit M. Brownlow en s'adressant à M. Bumble.

— Je ne l'ai jamais vu de mon existence, répondit M. Bumble.

– Vous n'avez jamais possédé un médaillon en or et une bague ?

– Certainement non, répliqua la surveillante. Comment se fait-il qu'on nous dérange pour répondre à de telles sottises ?

– Aimeriez-vous voir le prêteur sur gages ? demanda M. Grimwig en esquissant un mouvement vers la porte.

– Non, répliqua la surveillante. Si cet individu, comme je le vois, a eu la lâcheté d'avouer, je n'ai plus rien à dire. J'ai, en effet, vendu les objets, et ils sont maintenant là où vous ne pouvez aller les rechercher. Que voulez-vous d'autre ?

– Rien, répondit M. Brownlow, si ce n'est qu'il nous reste à prendre des dispositions pour qu'aucun de vous deux n'occupe désormais une situation de confiance. Vous pouvez sortir.

– C'est Mme Bumble qui est responsable. C'est elle qui a tout décidé, plaida M. Bumble, après s'être assuré du regard que sa compagne avait déjà quitté la pièce.

– Ceci n'est pas une excuse, répliqua M. Brownlow. Je dirai plus, c'est vous qui, au regard du code, êtes le plus coupable, car il suppose que la femme agit sous la direction de son mari.

– Si le code suppose pareille chose, dit M. Bumble en serrant son chapeau de ses deux mains crispées, le code est tout simplement un âne, un crétin. Si c'est l'opinion du code, le code est célibataire, et le pire que je puisse lui souhaiter, c'est que ses yeux soient ouverts par l'expérience – oui, par l'expérience.

Et appuyant avec force sur les deux derniers mots, M. Bumble enfonça son chapeau sur sa tête, ses mains dans ses poches, et descendit rejoindre son aimable moitié.

— Jeune fille, dit M. Brownlow en se tournant vers Rose, donnez-moi la main. Ne tremblez pas ; vous ne devez pas craindre d'entendre les quelques mots qui nous restent à dire. Connaissez-vous cette jeune personne, monsieur ?

— Oui, répondit Monks.

— Je ne vous ai jamais vu, dit Rose d'une voix mal assurée.

— Je vous ai vue bien des fois, répliqua Monks.

— Le père de la malheureuse Agnès avait deux filles, dit M. Brownlow. Quel a été le sort de l'autre – la plus jeune ?

— Quand son père mourut, l'enfant fut recueillie par de pauvres paysans qui l'élevèrent comme un de leurs enfants.

— Continuez, dit M. Brownlow en faisant signe à Mme Maylie d'approcher.

— Vous n'avez pu trouver l'endroit où ces gens s'étaient retirés, dit Monks ; mais, où l'amitié échoue, la haine souvent parvient à ses fins. Ma mère le découvrit — et elle trouva l'enfant. N'étant pas certaine que leur misère suffirait à assurer le malheur de l'enfant, ma mère leur conta l'histoire déshonorante de la sœur aînée et les engagea à bien surveiller la fillette. Celle-ci, leur dit-elle, était de naissance illégitime, et, en raison du milieu dont elle sortait, elle avait toutes chances de tourner mal. Comme, étant donné les circonstances, tout cela était vraisemblable, ces gens crurent ma mère, et la fillette traîna une existence aussi malheureuse que nous pouvions le souhaiter jusqu'au jour où une dame veuve, résidant à Chester, la vit, en eut pitié et la prit chez elle. Un sort maudit, j'imagine, contrecarrait nos desseins. Il y avait deux ou trois ans que je l'avais perdue de vue lorsque je l'ai retrouvée il y a quelques mois.

— La voyez-vous maintenant ?

— Oui, appuyée à votre bras.

— Mais elle n'en reste pas moins ma nièce, s'écria Mme Maylie en entourant de ses bras la jeune fille défaillante ; ce n'en est pas moins mon enfant chérie.

— Ô vous, la seule amie que j'aie jamais eue en ce monde ! s'écria Rose, en se pressant contre elle. C'est plus que je n'en puis supporter.

— Vous en avez supporté bien davantage, et vous n'avez jamais cessé néanmoins de faire le bonheur de tous ceux qui vous entourent par votre bonté et votre douceur, dit Mme Maylie en l'étreignant avec tendresse. Allons, mon amour, rappelez-vous, maintenant celui qui brûle de vous serrer dans ses bras. Le pauvre enfant! songez à ce qu'il est pour vous.

— Pour moi, ce n'est pas une tante, s'écria Olivier en lui jetant les bras autour du cou. Jamais je ne lui donnerai ce nom. C'est une sœur, ma sœur bien-aimée, et, dès le premier instant, quelque chose m'a poussé à la chérir ainsi! Rose, ma chère Rose!

Un coup léger frappé à la porte leur apprit que quelqu'un attendait au-dehors. Olivier alla ouvrir et s'éclipsa, cédant la place à Harry Maylie.

— Je sais tout, dit celui-ci en prenant un siège près de l'aimable fille. Avez-vous deviné que je viens vous rappeler une promesse?

— Que voulez-vous dire? balbutia-t-elle.

— Simplement ceci : lorsque je vous ai dit au revoir, la dernière fois, je vous ai quittée avec la ferme résolution de lever toutes les barrières imaginaires qui nous séparaient. Si mon monde ne pouvait être le vôtre, eh bien, le vôtre serait le mien, et je me détournerais de tous ceux qui, par orgueil, pourraient vous mépriser à cause de votre naissance. C'est ce que j'ai fait. De puissants protecteurs, des parents haut placés et influents qui me souriaient autrefois me regardent maintenant avec froideur. Mais il existe dans le comté le plus fertile de l'Angleterre une campagne riante et des arbres au feuillage ondoyant et, près d'une petite église – la mienne, Rose! –, une demeure rustique dont vous pouvez me rendre mille fois plus fier que de tous les honneurs auxquels j'ai renoncé. Voilà maintenant quelle est ma situation, et je la dépose à vos pieds.

Épilogue

L'histoire de ceux qui ont figuré dans ce récit s'achève. Ce qui reste à dire peut être conté en quelques mots.

Moins de trois mois plus tard, Rose Fleming et Harry Maylie se marièrent dans la petite église campagnarde où allait s'exercer désormais le zèle du jeune pasteur. Le même jour ils prirent possession de la maison qui devait abriter leur bonheur.

Mme Maylie s'installa chez son fils et sa belle-fille pour jouir paisiblement, le reste de ses jours, de la plus grande félicité que puissent connaître l'âge et la vertu : la vue du bonheur de ceux auxquels on a prodigué des trésors d'affection et de sollicitude au long d'une vie bien remplie.

Après une enquête soigneuse et approfondie, il apparut que si les débris d'une fortune, qui n'avait pas plus prospéré entre les mains de Monks qu'entre celles de sa mère, étaient divisés également entre lui et Olivier, la part de chacun ne dépasserait pas trois mille livres. Suivant les dispositions du testament de leur père, le tout aurait dû revenir à Olivier, mais M. Brownlow, soucieux de ne pas retirer au fils aîné une chance de s'amender et de recommencer une existence nouvelle, préféra ce mode de partage auquel son jeune protégé donna joyeusement son assentiment.

Monks, continuant à garder son nom d'emprunt, se retira avec sa part dans une partie lointaine du Nouveau Monde. Là, il gaspilla rapidement ses ressources et retourna une fois de plus à ses habitudes vicieuses. Au cours d'une longue détention que lui avait value une nouvelle malhonnêteté, il eut une attaque du mal chronique dont il était atteint et mourut en prison.

C'est également loin du sol natal que finirent les principaux membres de la bande de Fagin.

M. Brownlow adopta Olivier. Il s'établit avec lui et sa vieille femme de charge à moins d'un mille du presbytère où résidaient ses bons amis, comblant par là le plus grand souhait du cœur affectueux d'Olivier.

Peu après le mariage des deux jeunes gens, le bon docteur loua une petite maison aux abords du village dont son jeune ami était le pasteur. M. Grimwig vient fréquemment lui rendre visite. Le dimanche, il ne manque jamais de critiquer le sermon au nez du jeune pasteur, avouant ensuite en confidence à M. Losberne qu'il l'a trouvé excellent, mais juge préférable de ne pas en convenir. Quant à M. Brownlow, sa plaisanterie consiste à railler son vieil ami sur la prophétie qu'il fit jadis au sujet d'Olivier, et lui rappeler le soir où ils attendaient son retour, en regardant la montre posée entre eux deux.

Gracié par la justice de Sa Majesté en récompense du témoignage qu'il avait fourni contre Fagin, M. Noé Claypole réfléchit que la profession qu'il avait embrassée n'était pas aussi sûre qu'il l'eût souhaitée et demeura quelque temps assez embarrassé pour trouver une autre façon de gagner sa vie sans se donner trop de peine. Tout bien considéré, il est entré dans la police en qualité de mouchard, et se fait dans cette carrière d'assez jolis bénéfices.

M. et Mme Bumble, privés de leur situation, devinrent peu à peu la proie de la misère, et, finalement, furent hospitalisés comme indigents dans le même *workhouse* où ils avaient exercé jadis leur tyrannique autorité. On a entendu M. Bumble déclarer que, dans cette épreuve si humiliante, il n'a même pas le cœur de remercier le ciel d'être séparé de sa femme.

Quant à MM. Giles et Brittles, ils partagent si également leurs services entre la famille Maylie, Olivier, M. Brownlow et M. Losberne qu'on n'a jamais su dans le village à quelle maison ils appartenaient véritablement.

Master Charley Bates, que le crime de Sikes avait terrifié, se demanda sérieusement s'il n'était pas préférable, après tout, de mener une vie honnête. Il rompit avec son passé et résolut de le réparer dans un champ d'action différent. Après avoir été valet de ferme et voiturier, il est devenu le jeune éleveur le plus jovial de tout le Northamptonshire.

Et maintenant que sa tâche est près de s'achever, la main qui trace ces lignes hésite, désireuse de ne pas abandonner encore le fil avec lequel a été tissée cette histoire.

Je voudrais m'attarder en compagnie de certains de ces personnages avec lesquels j'ai vécu si longtemps et partager leur bonheur en essayant de le décrire. J'aimerais montrer Rose Maylie dans toute la fraîcheur et la grâce de sa jeunesse. Je voudrais la peindre avec l'enfant de sa sœur défunte, jouissant tous deux de leur mutuelle affection et passant des heures à se représenter les êtres chers qui leur ont été si tristement enlevés.

À l'autel de la vieille église campagnarde est fixée une plaque de marbre blanc où se lit un seul mot: «Agnès.» Cette inscription ne recouvre aucune tombe. Puissent de longues, longues années s'écouler avant qu'un autre nom ne soit ajouté à celui-là. Mais si les âmes des morts reviennent jamais sur terre visiter les lieux consacrés par l'amour – l'amour qui survit à la mort – de ceux qu'ils connurent ici-bas, j'imagine que l'ombre d'Agnès vient parfois planer dans ce lieu de recueillement.

Repères chronologiques

1812 Naissance, le 7 février, près de Portsmouth, de Charles Dickens, fils de John Dickens, employé à la Trésorerie de la marine, et de Elizabeth Barrow, fille d'un haut fonctionnaire. Charles est le deuxième enfant de la famille.

1814-1817 Son père est muté à Londres, puis à Chatham, dans le Kent. La famille déménage. Charles Dickens est un enfant maladif, qui, ne pouvant jouer comme les autres enfants, va s'adonner très vite à la lecture.

1821 À neuf ans, il lit Cervantès, Defoe, Fielding, Smollett et les *Mille et Une Nuits*.

1822 Le père de Dickens est à nouveau nommé à Londres. Quant a Charles, il reste pensionnaire à Chatham.

1823 Toujours criblés de dettes, les parents Dickens n'arrivent pas a payer la pension et font revenir Charles à Londres où les tâches domestiques vont rapidement supplanter l'école. Sa sœur Fanny, enlevée à la famille, fréquente l'Académie royale de musique, tandis que Charles distribue des prospectus vantant les mérites de l'institution pour jeunes filles que vient de créer sa mère. L'idée est un échec

1824 Le 7 février, jour de ses douze ans, Charles Dickens est placé par sa mère dans une fabrique de cirage que dirige un cousin. Pour un shilling la journée, il colle des étiquettes sur des bouteilles. Le même mois, son père est arrêté pour dettes et incarcéré. Par mesure d'économie, sa mère décide de rejoindre John Dickens avec ses enfants. Charles devient, de fait, un habitué de la prison. Mai : John Dickens fait un maigre héritage, mais qui suffit à le faire libérer. À la suite d'une dispute avec le cousin directeur de la fabrique de cirage, John Dickens en retire Charles et l'inscrit dans une école privée où il n'apprendra pas grand-chose, hormis le dressage des souris...

1826-1827 À quatorze ans, Charles Dickens quitte l'école pour entrer comme clerc de notaire chez deux avoués successifs. Parfois, le soir, il tient de petits rôles dans un théâtre de quartier.

1828-1829 En novembre 1828, il abandonne la carrière de commis aux écritures pour devenir sténographe au tribunal ecclésiastique de *Doctors' Commons*.

1832 Sans abandonner son travail de sténographe, Dickens s'essaie pourtant au théâtre, en tant que comédien, ce qui alors ne lui réussit guère. En revanche, il va réaliser cette année-là l'une de ses plus chères ambitions professionnelles : devenir rédacteur parlementaire. En mars, le journal *The True Sun* (*Le Vrai Soleil*) l'engage pour ce poste qui va lui permettre de rencontrer celui qui deviendra à la fois son conseiller, son meilleur ami, son associé, son exécuteur testamentaire et son premier biographe : John Forster. *The True Sun* disparaît, et Dickens rend compte des débats à la Chambre pour *Le Miroir du Parlement*.

1833 Dickens entre au *Morning Chronicle*. Son premier essai littéraire date de cette époque : il a dix-neuf ans et envoie, sans nom d'auteur, un petit texte au *Monthly Magazine*, qui le publie.

1834 Encouragé, il envoie d'autres «esquisses», des petites scènes de la vie londonienne, au *Morning Chronicle* et au *Monthly Magazine*, mais sous un pseudonyme : il choisit celui de Boz (le surnom de l'un de ses frères). John Dickens, victime d'une plainte d'un négociant en vin, est à nouveau emprisonné pour dettes. Bien que peu fortuné, Charles installe le reste de la famille dans un logement modeste et prend chez lui l'un de ses frères.

1835 Suite des publications de Boz, cette fois dans *The Evening Chronicle*. Dickens rencontre un éditeur qui lui propose de publier ses textes en volume.

1836 Parution des *Esquisses* par Boz qui sont très bien accueillies, par la presse comme par les lecteurs. Dickens est introduit dans les milieux littéraires londoniens, où il va rencontrer, notamment, miss Coutts, baronne, milliardaire et philanthrope, qui va soutenir financièrement toutes les causes sociales dans lesquelles l'écrivain s'engagera.
L'éditeur Chapman & Hall lui ayant commandé des textes relatant les mésaventures d'un club sportif, Dickens fait paraître le premier volume de *The Pickwick Papers* qui dépasse largement les limites sportives du sujet. C'est un triomphe.
Cette année-là, il épouse Catherine, l'une des nombreuses filles de Hogarth, l'éditeur du *Evening Chronicle*.
Dickens satisfait aussi ses ambitions théâtrales: il fait jouer une farce, *L'Étranger Gentleman*, ainsi qu'un opéra-comique: *Les Coquettes de village*.
Il commence *Olivier Twist*.

1837 Ayant démissionné de son poste de journaliste parlementaire, il devient rédacteur en chef du mensuel les *Mélanges de Bentley* où *Olivier Twist*, qu'il écrit au fur et à mesure, paraît en feuilleton. La suite des aventures de *Pickwick* connaît autant de succès que leur début: le tirage passe de quatre cents à quarante mille exemplaires. Sa réussite vaut à l'auteur de nombreux démêlés avec ses divers éditeurs, car les contrats forfaitaires initiaux ne lui laissent aucun bénéfice sur les ventes. Toute sa vie, Dickens militera activement en faveur du droit des auteurs.
Il fait jouer une nouvelle farce: *Est-elle sa femme?* Mort de Mary, à l'âge de dix-sept ans. Désespéré, Dickens demande à être enterré auprès de cette belle-sœur adorée, abandonne tout et se sauve en France, puis en Belgique. Il revient néanmoins à Londres le mois suivant et reprend le travail.
Naissance d'un premier enfant: Charles Dickens «junior».

1838 Dickens poursuit *Olivier Twist* et commence *Nicolas Nickleby* dont les premiers fascicules paraissent bientôt: on se les arrache. Au point que l'ouvrage, bien qu'inachevé, fait l'objet d'une adaptation pirate pour le théâtre, au même titre que les autres livres de l'auteur qui tente de défendre son œuvre, mais sans succès. Dickens trouve cette année-là d'autres motifs d'indignation: il visite, dans le Yorkshire, une école où des élèves ont été victimes de sévices, des manufactures « esclavagistes » à Manchester et, avec l'appui de miss Coutts, décide de se pencher sur les questions sociales du pays.
Naissance d'un deuxième enfant: Mary.

1839 Dickens se démet difficilement de son poste de rédacteur en chef des *Mélanges de Bentley*, qu'il n'a plus le temps d'assumer. Sorti de prison, son père découvre en lui une manne inespérée: il tape ses éditeurs et vend ses autographes. Dickens éloigne ses parents et les installe à la campagne. Il reçoit beaucoup, court les salons littéraires et termine *Nicolas Nickleby*.
Naissance du troisième enfant: Kate.

1840 Dickens décide de lancer un grand magazine populaire à trois pence, *L'Horloge de maître Humphrey*. Le public se jette sur le premier numéro, mais boude les suivants, jusqu'à ce qu'y paraisse *Le Magasin d'antiquités* qui va porter le tirage hebdomadaire de *L'Horloge* à plus de cent mille exemplaires.

1841 Il commence *Barnaby Rudge*, en projet depuis quatre ans, se passionne pour le mesmérisme, qu'il expérimente sur l'une de ses filles ainsi que sur sa femme et prépare un voyage en Amérique.
Naissance du quatrième enfant: Walter Landor.

1842 Les Dickens partent pour l'Amérique, où ils reçoivent un accueil triomphal. Dickens y visite des hospices, des usines, des prisons... et sillonne les États-Unis. Plus que ses talents d'écrivain, c'est sa fougue libérale qu'apprécient les Américains. Pourtant l'Amérique déçoit Dickens: la démocratie n'y est pas ce qu'il

croyait, et il est plutôt content de rentrer à Londres. Dès son retour, il s'attaque aux *Notes américaines* promises à son éditeur, y dénonçant une société d'exploiteurs et de rapaces... Quand l'ouvrage parviendra aux États-Unis, les Américains regretteront d'avoir tant fêté son auteur...
Dickens poursuit à Londres ses visites des bas quartiers et des prisons. Il commence *Martin Chuzzlewit*.

1843 Parution du premier fascicule de *Martin Chuzzlewit*. Dickens écrit *Un Noël*. Dès lors, chaque année il publiera un conte de Noël.

1844 Dickens a des soucis d'argent, toujours à cause de ses éditeurs. Il envisage de s'exiler un temps en Italie, loue sa maison et part avec femme et enfants. À Gênes, il visite, écrit *Les Carillons*, et hypnotise si régulièrement une dame que sa femme en prend ombrage. Il repart seul pour Londres livrer *Les Carillons* et revient, via Paris, où il rencontre Gautier, Hugo, Delacroix, Michelet, Vigny, etc. Cinquième enfant : Jeffrey.

1845 Rome, Naples, Pompéi ; Dickens écrit *Tableaux d'Italie*. Au printemps, toute la famille rentre à Londres. Dickens publie *Le Grillon du foyer* dont l'adaptation pour la scène est immédiatement jouée dans plusieurs théâtres.
L'enfant de cette année-là (le sixième) est appelé Alfred d'Orsay Tennyson.

1846 Parution du premier numéro du *Daily News*. Dickens y publie une de ses *Lettres de voyage* (la première), un article contre la peine de mort, mais démissionne au bout de quelque temps, se sentant « ficelé » par les actionnaires. Il préfère céder la place à son ami Forster.
Au printemps, toute la famille part s'installer en Suisse. Il visite les prisons de Lausanne et écrit *Dombey et fils*.

1847 La famille rentre à Londres et Dickens crée « Urania Cottage », une fondation pour « filles repenties » qu'il dirige lui-même en instau-

rant un système de bons et de mauvais points distribués en fonction de l'ordre, de la propreté, de la ponctualité et de la sincérité des pensionnaires..
Il se lie d'amitié avec Andersen et a un septième enfant : Sydney Smith.

1848 Dickens monte *Les Joyeuses Commères de Windsor* dont il est également l'un des acteurs pour aider à l'entretien de la maison de Shakespeare. Il rencontre Emerson et écrit un essai sur l'alcoolisme et ses causes sociales.

1849 Il abandonne un projet d'autobiographie et amorce la rédaction de *David Copperfield*.
Vie mondaine et huitième enfant : Henry Fielding.

1850 *David Copperfield* commence à paraître et connaît un succès considérable. Dickens fonde un nouvel hebdomadaire, *Household Words*. Littéraire et réformateur, ce journal-ci tiendra neuf ans.
Neuvième enfant : Dora.

1851 Dickens s'occupe des logements ouvriers et des Anglais émigrant en Australie.
Mort de John Dickens, son père, et de la petite Dora.

1852-1853 *Bleak House* paraît en fascicules dès le mois de mars 1852. Dickens part se reposer en Suisse et en Italie. En effet, il est surmené : pendant ces deux ans, il a écrit une *Histoire d'Angleterre pour les enfants*, s'est occupé de son journal, de sa maison pour repenties, de diverses œuvres sociales, de tables tournantes... et a eu un dixième enfant : Edward Bulwer Lytton.

1854 Il écrit *Temps difficiles*.

1855 Il part pour Paris : il se rend au théâtre chaque soir et travaille à *Little Dorrit*. À Paris, Dickens est un roi : on le célèbre dans les journaux, on organise des banquets en son honneur, on l'invite, on le fête. Tous les mois, il rentre à Londres s'occuper du journal. Un jour, il achète une maison à Chatham, un rêve d'enfant qui se réalise.

1857 Il rencontre une jeune actrice fort séduisante : Ellen Ternan. Cette liaison fait éclater son désaccord avec sa femme. Dickens condamne la porte de communication entre leurs chambres.

1858 Encouragée par ses parents, Catherine quitte Dickens.

1859 Dickens écrit un *Récit de deux villes*, se fâche avec les copropriétaires de son journal, le saborde et le remplace immédiatement par un autre, qu'il intitule *All The Year Round*.

1860 Au cours de promenades dans le pays de son enfance mûrit l'idée des *Grandes espérances*. Il commence à l'écrire en automne. Le premier feuilleton paraît en décembre dans son journal.

1861 *De grandes espérances* est achevé cette année-là et remporte un formidable succès. Les lectures publiques qu'il en donne rapportent à Dickens énormément d'argent. Les essais qu'il a écrits dans son hebdomadaire sont réunis sous le titre *Le Voyageur sans commerce*. Il continue de faire des lectures et des contes de Noël.

1862 Il ne cesse de sillonner le pays pour ses lectures publiques.

1863 Paris, où il poursuit ses lectures et passe ses soirées au théâtre.
Mort de sa mère et de l'un de ses fils parti aux Indes. Tous les fils de Dickens, d'ailleurs, poussés par celui-ci, partaient dans les colonies.
Dickens rentre à Londres.

1864 Il commence *Notre Ami commun*, dont le premier fascicule paraît au printemps. Dickens souffre d'attaques de goutte. Il se procure un chalet suisse démontable qu'il fait ériger au bout du jardin, de l'autre côté de la route, et dans lequel il se rend par un souterrain.

1865 Après une nouvelle escapade parisienne, Dickens s'enferme dans son chalet pour travailler à *Notre Ami commun*. Cette année-là, il sort indemne d'un accident de chemin de fer qui fait de nombreuses victimes. Il en reste profondément marqué.

1866 Malgré des problèmes cardiaques, il continue ses épuisantes lectures non seulement à travers l'Angleterre, mais aussi à Paris; il prévoit même d'en donner aux États-Unis.

1867 Il écrit *L'Explication de George Silverman*. En dépit des conseils de l'indéfectible John Forster, Dickens part pour l'Amérique : on lui a offert une fortune pour ses lectures.

1868 Le public américain, qui a visiblement oublié les *Notes américaines*, fait un nouveau triomphe à l'écrivain, qui est même reçu par le président Johnson. Dickens parcourt les États-Unis. Il rentre à Londres, heureux mais harassé et, pour la première fois, ne publie pas son traditionnel conte de Noël.

1869 Il continue cependant les lectures publiques. Mais, vraisemblablement inquiet sur sa santé, il rédige son testament.
Cela fait, Dickens attaque *Le Mystère d'Edwin Drood*.

1870 Lecture d'adieu à St. James Hall devant deux mille personnes. Dickens est reçu par la reine Victoria.
Le 9 juin, jour anniversaire de l'accident de chemin de fer qui aurait pu lui coûter la vie cinq ans auparavant, Dickens meurt d'une hémorragie cérébrale, à l'âge de cinquante-huit ans.

Table

Du lieu où naquit Olivier Twist et des circonstances
qui accompagnèrent sa naissance 5

Du régime et de l'éducation d'Olivier Twist durant
ses premières années 8

On offre une autre place à Olivier, et il fait ses débuts
dans la vie 19

Olivier fait de nouvelles connaissances. Assistant
à un enterrement pour la première fois, il conçoit
du métier de son patron une idée peu favorable 24

Poussé à bout par les railleries de Noé, Olivier, au grand
étonnement de son ennemi, engage le combat 31

Olivier persiste dans sa rébellion 35

Olivier se rend à Londres à pied et rencontre en route
un jeune homme des plus singuliers 39

Où l'on trouvera de plus amples détails sur
l'aimable vieillard et ses remarquables élèves 46

Olivier apprend à connaître ses nouveaux associés
et acquiert cette expérience à ses dépens.
Chapitre très important en dépit de sa brièveté 50

Où paraît M. Fang, commissaire de police. Ce chapitre
donne un petit échantillon de sa façon de rendre la justice . . 54

Où l'on voit Olivier traité comme il ne l'a jamais été jusque-là. Le récit retourne ensuite à l'aimable vieillard et à ses jeunes compagnons 62

Où l'on présente quelques nouveaux personnages qui seront mêlés à diverses circonstances pleines d'intérêt relatées dans cette histoire 66

Où l'on trouvera de plus amples détails sur le séjour d'Olivier chez M. Brownlow, ainsi que la remarquable prédiction faite à son sujet par un certain M. Grimwig 72

Où l'on verra combien l'aimable vieillard et miss Nancy chérissaient Olivier 79

Ce que devint Olivier Twist après qu'il eut été revendiqué par Nancy 83

Le destin, toujours défavorable à Olivier, conduit à Londres un personnage important qui va ternir sa réputation 88

Comment Olivier passait ses journées dans l'excellente société de ses honorables amis 92

Dans lequel on discute un plan remarquable qui est finalement adopté 95

Où l'on voit Olivier conduit chez M. William Sikes 98

L'expédition 102

Un coup manqué 106

Où l'on donne la substance d'un agréable entretien entre une dame et M. Bumble et où l'on montre qu'un bedeau peut avoir des sentiments 111

Ce chapitre traite un bien piètre sujet, mais il est très bref et présente une certaine importance dans la suite du récit ... 115

Où nous retrouvons M. Fagin et son aimable entourage .. 118

Où l'on voit un personnage mystérieux
faire son apparition 120

Qui répare l'impolitesse d'un précédent chapitre où on avait
faussé compagnie à une dame sans la moindre cérémonie .. 124

À la recherche d'Olivier. Suite de ses aventures 127

Où l'on présente les habitants de la maison à laquelle
s'était adressé Olivier............................. 132

Où nous voyons l'effet produit par Olivier
sur les habitantes de la villa 135

Où l'on montre l'heureuse existence menée
par Olivier chez ses nouveaux amis 137

Où l'on voit le bonheur d'Olivier et de ses amis
traversé par l'épreuve 140

Où l'on raconte l'entrée en scène d'un nouveau personnage,
ainsi qu'une nouvelle aventure d'Olivier 145

Relation d'une importante conversation entre
Rose et Harry Maylie 149

Où le lecteur sera témoin d'un contraste
qui n'est pas rare dans la vie matrimoniale 152

Où l'on trouvera relatée l'entrevue nocturne
de Monks avec M. et Mme Bumble 159

Quelques respectables personnages, déjà connus du lecteur,
font leur réapparition, et l'on voit Monks et le Juif
tenir conseil 165

Une étrange entrevue qui fait suite au précédent chapitre. . 171

Qui contient quelques nouvelles découvertes
et montre que les surprises, de même
que les malheurs, n'arrivent jamais seules 176

Ayant donné des preuves certaines de génie,
une vieille connaissance d'Olivier devient
un personnage d'importance dans la métropole 182

Où sont relatées les mésaventures de l'Astucieux Renard .. 190

L'heure arrive pour Nancy de tenir sa promesse
à Rose Maylie. Elle en est empêchée 195

Noé Claypole est chargé par Fagin d'une mission secrète.. 198

Le rendez-vous 200

Fatales conséquences 205

Monks et M. Brownlow finissent par se rencontrer. Leur
entretien. De quelle manière cet entretien est interrompu.. 210

Chasse à l'homme 219

Qui contient l'éclaircissement de plus d'un mystère et relate
une demande en mariage où il n'est pas question de dot .. 226

Épilogue 237

Repères chronologiques 241